U0651751

我喜欢的东西

木头窗
阶梯教室
乳酪蛋糕
黑色的马
红砖建筑
墨绿色
古筝
小说
自然醒
大长腿
服帖的粉底
短发
热裤
中规中矩的OL高跟鞋
蝴蝶结
火烧云
湖
车里的冷气
好妹妹乐队
不饿不饱刚刚好的午餐

Good
Things
will
Happen

只要活着，就会有好事发生

十三 著

湖南文艺出版社
HUNAN LITERATURE AND ART PUBLISHING HOUSE

湖南天卷
CS-BOOKY

图书在版编目（CIP）数据

只要活着，就会有好事发生 / 十三著. — 长沙 :湖南文艺出版社, 2014.7
ISBN 978-7-5404-6797-5

Ⅰ. ①只… Ⅱ. ①十… Ⅲ. ①随笔 – 作品集 – 中国 – 当代 Ⅳ. ①I267.1

中国版本图书馆CIP数据核字(2014)第138161号

ⓒ中南博集天卷文化传媒有限公司。本书版权受法律保护。未经权利人许可，任何人不得以任何方式使用本书包括正文、插图、封面、版式等任何部分内容，违者将受到法律制裁。

上架建议：情感·随笔

只要活着，就会有好事发生

著　　者：十　三
出 版 人：刘清华
责任编辑：薛　健　刘诗哲
监　　制：刘　丹　张应娜
策划编辑：刘　霁
营销编辑：李　颖
整体装帧：利　锐
内文插画：张小雨
出版发行：湖南文艺出版社
　　　　　（长沙市雨花区东二环一段508 号 邮编：410014）
网　　址：www.hnwy.net
印　　刷：北京嘉业印刷厂
经　　销：新华书店
开　　本：880mm×1230mm 1/32
字　　数：180千字
印　　张：9
版　　次：2014年7月第1 版
印　　次：2014年7月第1 次印刷
书　　号：ISBN 978-7-5404-6797-5
定　　价：35.00元
（若有质量问题，请致电质量监督电话：010-84409925）

Good

Things

will

Happen

只 要 活 着
就 会 有 好 事 发 生

Good
Things
will
Happen

愿那些纯洁善良不合时宜的
内心都得到最妥善的安放

我始终相信这日益凉薄的尘世，

依旧该长存着几多坚韧的温情，

折不断，浇不灭，冻不裂，烧不化。

也祝你有好运气。

几多年来，我对那空旷山谷呐喊，从来只有风声穿过。而今终有你是那不会落空的回声，声声入耳。

其实人的一生，真正合适的对象，

真正有幸福感的瞬间，

配额该是大体相当，

谁也不会更多，谁也不会更少，

全在于一念之间。

Good

Things

will

Happen

每一对爱人都有相守的理由，
即使无法言说，但你我都知道，
那是什么。

目　录

CONTENTS

只要活着，
就会有好事发生

PART 1 懂得永恒，得要我们，进化成更好的人

即使一切美好的停驻都如此短暂，我并不曾真的在心里埋怨过什么。如果不经历那些颠沛，你我如何成为现在的你我？

PART 2

我最害怕的事，
是我最终没有嫁给你

衡量不出我有多么热爱跟你在一起的分分秒秒，以至于再美的景致都成了相框里微不足道的布景。我终于明白了一件事：无论身在何处，我记得的，始终是你的温柔。

PART 3

每当变幻时，
便知时光去

故人的意义，在于让你记忆自己。不再有感情，也没有放不下，单单是该记得自己的来路，因此无须再见到具体的形态。

PART 4

爱你清水芙蓉，
爱你妆容正好

女人的性情再怎么刚强，面貌也总是以娇艳润泽最讨喜。只备一盒浅色腮红，出门之前用刷子轻轻扫在两颊上，一张俏脸立刻粉嫩得像刚从枝头摘下的水蜜桃，含糖量、含水量都是天文数字。

PART 5　其实你心思
细过锦缎缠绵

王小波在《黄金时代》里写："放声大哭从一个梦境进入另一个梦境，这是每个人都有的奢望。"千江有水千江月，万里无云万里天。在红尘，便爱红尘；在深山，便爱深山。不必怕做梦，也不必怕梦醒。

PART 6

世界上
最疼我的人

在真正的感情面前，我只是一个笨嘴拙舌的人。我会想，如果我是母亲的那个角色，一定已经心碎了。但那个真正的母亲，却使尽浑身解数去悦纳女儿自己选择的生活方式。

懂得永恒，得要我们，
进化成更好的人

即使一切美好的停驻都如此短暂，我并不
曾真的在心里埋怨过什么。如果不经历那些颠
沛，你我如何成为现在的你我？

懂得永恒，得要我们，
进化成更好的人

高二那年，学校来了个东北师范大学心理系的女研究生，带我们的心理课。她的课程夹杂了各路新鲜信息，有年轻人特有的活力。她同时又在考博，经常冒出一两个英文单词，很熟练而习惯的样子，并不讳言自己对女博士这一身份的渴望。过了十年再回想，她那时候与我现在一般年纪，正是从女孩到女人，从无忧无惧到有所思的转折期，内心该是充满希望又颇踌躇和犹豫。

她说过的对我影响最深的话是：Clean up your desk，clean up your mind.（清理好你的桌子，梳理好你的思想。）因为这句话，无论什么时候，桌上东西再多，我都尽量码得整整齐齐。

人心是很纤弱而无从推断的，我们的确会因为一些极难察觉的小细节对一个人心生好感，又或者心生厌恶。我曾在杂志上读到一篇小文，里面说：那天男孩和女孩第一次见面，他礼节性地送她回家，心下觉得这姑娘各方面都一般般，并没有继续交往的必要。道别后男孩转身离开，女孩在身后怯生生地唤了一声："谢谢你啊。"男孩回头，看见她站在楼道口，笑笑的神情，有点儿羞赧，正抬手把一缕被夜风吹乱的刘海儿别在耳后。

他心里一动。

后来呢？后来他们俩结婚了。至少那作者希望是这样，并认为这样的结局是合理的。

17 岁的文科班女生很有理由被这种文字打动。即使那一年的我埋头在书本、分数、对名牌大学和对遥远城市的虚妄向往里，基本无暇他顾。17 岁的心性纯洁得像蒸馏水一样，不变的是对未来的期待和野心，相信自己总会向前、向前、向前，永动机一样不知疲倦，石膏像一样亘古青春，直到到达理想的彼岸——即使那理想影影绰绰。

后来那老师走了。听别的班的同学说，一次平常的课上，她背对学生在黑板上写字，写着写着就哭了。回过头来说："老师要离开了——老师考上博士了，很舍不得你们。"有些女生也哭了。临下课的时候，她又开心起来，说："我人生最大的理想实现了——我终于成了一个女博士。"

那一刻我难得地、出奇地冷静。我觉得她的悲喜并不对等，至少在那一刻。喜悦如此实在，悲伤则很快就可忽略不计。一年多以后，我考上大学，离开家乡；五六年以后，我大学毕业，也做了老师，不久又离职回到父母身边……人生无非不断地拣择取舍，没有绝对的对错，只有绝对的选择。

一天早上在办公室例行打扫的时候，又想起这位老师。她快40岁了，不知过得怎样。现在想想，当年二十五六岁的她，的确未必多成熟，但无疑在迅速成熟起来，开始不得不面临艰难的抉择，基本非此即彼，必须今是昨非。她们正在被迫标靶般准确无误地认清自己，不再为早晚要舍弃的人、事、物而哭泣……我亲眼所见，我感同身受，这一过程不舍昼夜。

无论怎样，办公环境的整洁的确帮我抵御了许多压力。要打出一个艰难的电话之前，或者心乱如麻的时候，我会下意识地擦擦桌子，整理房间和书籍。

那天跟朋友吃饭。我讲的故事让她眼圈发红，她的事儿听得我不断猛喝茶水……但她到底做出了选择。我们俩为此必须不断交替去厕所新陈代谢茶水和咖啡，当我走在咖啡厅明暗交错的通道里，好像把过去南北颠簸的几年又捋了一遍。那一刻突然有些超脱的升华感，想到《大撒把》里的台词："你把这事往好了想到头，再往坏了想到头，然后就没什么了。"

只要活着，
就会有好事发生

　　2007 年我大学毕业，来到安徽一所私立高中做老师。开学前有个全国高中语文新课标培训的会，皖南地区的开会地点是马鞍山。跟同事坐一种票价 11 块的火车，牛车一样慢，莫名其妙就停下来，且没有空调。同去的有一位女语文老师，还有一位美术老师。先前打电话的时候，我以为那语文老师有四十来岁，因为其腔调里带有一种急躁和烟火气。

　　火车上，女语文老师带了好些水果分给我们吃，我惊讶于她其实这么年轻。问起语文组长是谁，她顿了一顿，有些不好意思似的："目前……是我。"

在马鞍山安排了住宿，我们俩住一间。她是皖北人，但似乎比我还怕热，总是一头一身的汗，进了房间开了空调就死活不出去了。我正是毕业之后刚步入社会的磨合期，走不出心绪和现实的双重低谷，话少而倦懒。

一起住了几天，有一天晚上她问我一个在福建念大学的东北人为什么来这儿工作，我无言以对。她说应该是为了爱情，我不置可否，算是默认。她有些惊讶，看我并不想说下去，就说她28岁了，刚刚分手，现在还是单身，家是农村的，"很农很农的农村"。

在我们相熟之后，她又几次提起她的那次失恋以及她的家人。2007年冬天发生了著名的雪灾，远近的同事都回不了家，元旦凑在她宿舍里烧饭聚餐，我先去帮着择菜洗碗。在厨房里，她坦陈那次恋爱对她伤害很大，她很喜欢那个男人，以为是真命天子，真心实意地付出，可那男人莫名其妙地就不要她了，且再也不见，那样冷酷。她因此抑郁了一段时间，总是哭。她妈妈非常担心，从家里转了好几趟长途车，辗转前来陪她住了一个月。

那个县城也在深山里，长途车所过地段很险要。"车在盘山路上绕的时候，我妈'哇'就哭了，说：'啊，我女儿怎么在这种地方上班啊！'"她说这话的时候，我们俩坐在她宿舍的床上烤着火盆，笑作一团。我没有想象她最困顿的时候是何种境况——因为那些永远对挫折哈哈大笑或握紧拳头、转了身自己抹掉眼泪的姑娘，她们的矛盾和辛苦、倔强和虚浮，我再熟悉不过。

开学之后，她成了我师父——语文组所谓的老带新。我做了班主任，虽然并不成功，但好歹尽力而为。晚自习，学生做功课，我在讲台上写教案、做卷子、出卷子，或者拿本闲书读。《不存在的女儿》和《毛姆读书随笔》就是那时候读的。有时候我俩无聊，就互发短信闲扯。有一次说深了，她劝我还是离开那里，去更好的地方，而我不知该说些什么。

那天散了自习，去学生宿舍查了寝，已经过了晚上 10 点——每天都是如此，早上 5 点多起来带学生早操，晚上 10 点查寝之后才能安心下班。每个月只休息两次，每次一天半。我站在操场中间打电话给父母，做出很开心的样子。下班的同事陆陆续续从我身旁过，都跟我说："×× 到处找你呢。"

我挂了电话，回教师宿舍去找她。她还在楼道里等我，正站在我宿舍的窗口旁，看到我来了，也不管时间已经很晚，很大声地叫："啊！你可来了！我到处找你！你去哪儿了？你怎么样了？心情不好？"

声音还是第一次听到的那样，急急的，带着急躁和烟火气。

我俩并肩趴在走廊的栏杆上望着整个操场。她又说了些劝我离开的话。然后说起学生，我说班上有几个男生不安分，所有老师都想逼走他们，认为他们是"垃圾"，逼走了反倒有利于班主任管理；

董事长想留住他们，因为可以收钱；做班主任的两边不是人。她问我怎么想。我说要留住他们，跟钱没关系，只是他们这么小，又有前科，出去到社会上不就毁了吗？好歹把高中读完。做班主任的，一群羊也是放，不在乎为他们几个多受累。

她长长地舒了一口气。那似乎是我们彼此指认的一晚。

一次晚上，跟当时的男朋友出去吃饭，结果吵架了。好像是因为打包菜的事，他不肯拎，我也不肯拎，他一怒之下就把几盒菜扔到垃圾桶里了。我正站在垃圾桶边上出神，她走过来，身边有个神情憨厚的男人。

第二天早操，她主动过来跟我说，那人是她新认识的，学校一位我们都相熟的历史老师给介绍的。事业单位，大她一岁，人很好，但没感觉。又问起我昨晚站在垃圾桶旁边干吗，还气哼哼的。我跟她说了吵架的原委，她笑得蹲在地上。

后来我离开安徽，跟任何同事都没打招呼。她和其他几个同事给我打电话说送别的时候，我人已经在杭州，马上要上飞机。回长春之后，涉及安徽当地人才机构调档案等手续的大小事务，她都帮了我许多忙。

2008 年，从其他同事那儿得到她要结婚的消息，马上汇了钱过去，请他们代我送上红包。她传了婚纱照给我看，夫妻俩都笑得甜美极了。

2009 年，听说她考上了当地最好的高中的教师编制。

2010 年，同事发短信来说：时间真快，你走了快三年了，而
××要生宝宝了。我没有回复那条短信。

我认识很多很多平凡却美好的人，他们在生命的不同阶段，给
我光，给我热，又默默与我告别。我在暗处写下这些字，像在河流
里打捞鹅卵石串起项链，点缀记忆。但也不过如此。日子本来平淡
如水，每个人都有自己最在乎的人、最核心的生活，我的原则是：
不打扰。

《阿甘正传》里有一句著名的台词："Mama says life is a box of
chocolate, you never know what you are gonna get."（妈妈总说人生就像
一盒巧克力，你永远不知道会尝到哪种滋味。）樱桃小丸子说："只
要好好活着，就会有好事发生。"有一种概率深不可测，但只要你常
在此间行走，总会得到些小恩小惠吧。

重新绽放一次的人生

每次加班到天黑，集团的"鬼楼"都安静极了。不敢坐电梯，一路从楼梯走下来，到一楼转角处的卫生间收拾自己。总在这时候碰见一个神气活现的姑娘，跟我一样的黄毛短发，唇红齿白，极白皙精致，眼睛大大的，穿着ONLY[1]范儿大黄大紫的衣服，脚踏10厘米的恨天高。虽然彼此不认识，但见得多了，就对着笑一下。

一次中午出去逛，又见着她，打了个招呼。挨着我的同事问："你认识她？"我说不算认识，见过。"这姑娘也是新来的吧，编辑培训怎么没见过啊？"同事说："姑娘？人家孩子都上学了。"

———————————

1 ONLY是欧洲著名的国际时装公司丹麦BESTSELLER拥有的四个著名品牌之一。

于是八卦了一番。原来她是集团的元老了，十几年前已经在大楼里上班。刚来的时候胖墩墩的，梳一根稀疏的马尾辫，深蓝大褂一直垂到脚踝。扫台阶，从 19 楼扫到 1 楼；擦扶手，从 1 楼擦到 19 楼。每个人都见过她，可她见了人也只是头也不抬地擦扫，神情郁郁的。几年之后，大楼里的每家出版社都有了自己负责的区域，各自雇了清洁员，她转行去操作电梯。据说十几年前的她总是穿着工作服或黑衣服，闷闷不乐，竟日没有一点儿神采。进电梯的人都避过不看她，她也把别人和自己都当透明的一样，一副若有所思的神情。

后来人人都会使用电梯了，她就不见了踪迹，据说是读书去了，一两年没见，大家都忘了她。又出现的时候，已经女大学生一样清新可人，长发直直披下来；白色连衣裙穿在身上，见人也知道说笑和打招呼。出现的次数多了，都知道原来是已经进了局里实习。

所以等我见到她的时候，她早过了 30 岁。头发长了又短，黑了又黄，纱裙变成热裤，平底鞋换了恨天高。

从同事的语气和神态中，我明白，在我们这样一个开放又封闭、年轻又古老的单位，关于她的归去来兮，一定有许多揣测。

如果一个家世和眉目都稀松平常的女孩想倔强地漂亮地活着，她必须跳出不得意的童年，回视无数质疑的目光。**默默擦扫的那几**

年，她穿暗色宽大的衣服；电梯上上下下，在那些西装革履的人面前，她只盯着那些按钮，不说话。她想用最没有特色的衣服和冷漠把自己藏起来，这个不如意的、普通的、跟周围环境格格不入的，甚至鄙陋的自己。她可以选择就这样下去——在大多数人看来，她就属于那样一个世界。可她终于选择继续读书，让自己的人生绽放一次。我不信在这个过程中，没有人用"女人，这辈子就那么回事儿"的话劝阻和挤对过她。在她获得那次权威考试的认可之前，她还是大多数人眼中自不量力的失败者，可她真的就成了。然后她回来，宛然新生，穿鲜亮的衣服，戴夺目的饰品，虽然照样跟森严的机关作风格格不入，可她已经拥有了跟环境正面交锋的勇气和信仰，像一个小巧可人版的堂吉诃德。

这样一个三十几岁的女人，眉头和眼角没有一点儿皱纹，眼神像 20 岁时一样澄净。我愿意相信，十几年的大起大落，使她走的每一步都不容置疑。对或不对，值得或不值得，选择或不选择，没有人有资格授意给她。她有清醒的自知和强大的内心。

对大多数人来说，年龄是累赘，是筹码里的负值。而对于心如赤子的人，皱纹不过是纪年工具，他们不再有少年的无所适从和青年的碌碌浮躁，正在度过逐渐完善自身的、最好的年华。

在遇到她以前，
我从未想过结婚的事

大学时有个很优秀的姑娘，玲珑可爱，多才多艺，冰雪聪明，我见犹怜。我跟她并不熟，但知道系里一个男生喜欢她，追她，以至于她保研后他也不找工作了，一心复习，要考到她的学校去做她的学弟。因为不熟，我猜想这样完美的姑娘是很有理由骄傲的，所以才一直没见她恋爱，追她的她一个也不理。

毕业前听一个同学转述她的事——原来她喜欢一个男生，而那个男生心有所属。为了搪塞她，他给她的理由是：我不喜欢你，因为你不够优秀。那个同学说："她保了研，拿了一等奖学金，毕业论文是优秀……可是她再努力又有什么用呢？他就是不喜欢她，他有喜欢的人了。"

昨天一个朋友很 out[1] 地刚刚看完《奋斗》，表示不能理解向南为什么不要那么好的遥遥。向南离开的时候泪流满面，遥遥也泪流满面。遥遥说："你知道什么叫大方吗？你知道什么叫对你好吗？你知道什么叫正室范儿吗？……"向南哭得没了人模样，可最终还是选择了蛮不讲理的、会在婚姻登记处不顾形象大哭大闹的杨晓芸。

我认识一个姐姐，工程师，32 岁，一个人在北京，混得很好，有车有房，人很豁达幽默，也高挑漂亮。她说她最怕逢年过节回家，要被家里人挟去相亲，且相亲对象没一个靠谱的。一次吃饭，她喝了点儿酒，夸张地吼："你知道吗？！你知道吗？！他们都开始给我介绍工人了！不是我瞧不起工人！！可是……啊啊啊！！！"

大家都笑，虽然想想也没什么好笑的。

前阵子一个姑娘讲给我听一个她认识的姐姐，在上海，跟男朋友在一起 7 年，两个人都事业有成，有头有脸。转眼女人 30 多岁，男人还死不结婚，这姐姐使尽浑身解数，终于得偿所愿。婚礼上，司仪很程式化地问新郎是怎么求婚的，新郎一脸无辜："我没想结婚，是她非要结婚。"

当时台上台下都尴尬极了。给我讲故事的姑娘说，当时她坐在

1　网络用语，"你 out 了"意同"你落伍了"。

台下，想及这位姐姐平素在职场上叱咤风云的飒爽英姿，不由得无限感慨。

还有一个朋友的姑姑，34岁，初婚。这位姑姑是个律师，疾言厉色惯了，呵斥老公也是一瞪眼一叉腰，做狮子吼状，把新姑爷吓得噤若寒蝉。这位朋友问姑姑为什么等了这么多年，最后嫁给他？他有什么不同？是个什么样的人？她眉毛一挑："你看他像个窝囊废吧，事实上，他还真就是个窝囊废。"

还有一个很著名的故事，关于冰心和铁凝。铁凝生于1957年，跟我娘同岁。1991年，她也30多岁了，去拜访冰心。冰心问她有男朋友了吗，她随口回答："还没找呢。"接着，冰心说了那句颇具争议的话："你不要找，你要等。"

2007年，50岁的铁凝"等"来了她的爱人。

一段更著名的话，是钱锺书先生对杨绛先生的评价。他说：
1. 在遇到她以前，我从未想过结婚的事。
2. 和她在一起这么多年，从未后悔过娶她做妻子。
3. 也从未想过娶别的女人。

最后是沈从文苦追张兆和的时候写的一段话，诗一样美。虽不及上一段著名，但足以令人读之断肠："我行过许多地方的桥，看过许多次数的云，喝过许多种类的酒，却只爱过一个正当最好年龄的人。"

还有许许多多的故事、许许多多的话语，一时想不起来了。以上写下的这些，似乎全无联系，其实是有的。有些人一早就遇见了合适的人，或金风玉露彼此指认；或苦追而抱得美人归；或苦追而不得，只能远远观望；或得而悔于当年的冲动，体会所谓其实难副的现实生活；或相濡以沫依偎终老，初衷不改。一些人一直在兜兜转转，在寻找幸福的路上迂回而曲折地艰难前进。还有些人，他们忙着进行人生另一层面的建设，同时安心等待所谓缘分。另有一些人，他们想方设法达到目标——达到目标总是好的，英雄不问出处。

所有这样那样的故事、这样那样的人，殊途同归的是：没有人知道，自己最终是否会得到那个另一半，那个灵魂和床笫之间的绝妙伴侣。即使得到，是萍水相逢电光石火，还是细水长流千帆过尽，不知道。无论你在飞奔、匍匐、观望、后退……水晶球没有告诉你，七色花没有告诉你，启明星没有为你照亮前路……不知道。

这是一个龟兔赛跑一样不符合常理的故事，你只能猜，而无法掐指一算，计上心来。徐志摩那句著名的肉麻话，"我将于茫茫人海中访我唯一灵魂之伴侣"，可他到底也结了好几次婚。为林徽因做过的那些荒唐事，说过的那些荒唐话，让他再跟陆小曼说一次，做一次，他也绝不含糊。

写了这么多，只是几句话的事儿：正因为无差别的不知道，才不需要瞻前顾后，不需要患得患失，你只要按照你本来认为正确的那条路走下去，让自己成为一个温暖的、豁达的、强大的、善良的、优秀的、宽柔的人……如果你果真能做到这一点，且耐得住寂寞，那么等那个人该出现的时候，你认出他／她，他／她认出你，之后按照既定的轨迹好好过日子，就对了。

不负如来不负卿

今儿办公室一个大四的男孩来投稿，学计算机，热爱文学，小说写得很不赖。同事都三三两两聚过来翻稿子，算是从专业角度给点儿建议。小男孩后来坐到我旁边，说他最爱的是填词。同事都心照不宣地笑起来，原来从前都有过这样的阶段——初中时候，我负责班里的运动会稿件，连赞长跑运动员都用的是《青玉案》。

我跟小男孩大概说了说我的建议，他很受用，似乎对我充满了信任，问了些问题，若有所思，又不断从厚厚的书稿中拣出一两页双手递给我，说他的写作思路。看得出来，他完全陶醉在写作这件事里。

他跟我谈起他笔下人物的原型——女主人公是他女朋友。"我也没想到今天能有勇气来……今天本来是要一起出去玩儿的，昨天我一句话说错了，这孩子就又不理我了……"我也有点儿窘，不过是第一次见面，又是工作上的关系，他又何必说这些。

"这孩子呀……"他又说了一句，但马上补充，"但我把她写得很好。"

我有点儿感动了，不知是为了他对自己笔墨的珍重，还是为他满脸对她的牵肠挂肚。于是问起他大四找工作的事，要不要考研等。他眼睛还是不离自己的稿件，不时又递过来一两页纸，很安然地说："不考研了，岁数都这么大了。"我没忍住，笑了出来，问他多大。他抬起头，给了我一个极其青涩而阳光的笑："马上23啦。"

一屋子同事都慨叹开了，老气横秋地报出自己的生辰。而我陶醉在男孩的那个笑里，迟迟出不来——这么稚气干净的笑，好久没见到了。

聊了一会儿，他突然问我："您说，填词有出路吗？"整个办公室鸦雀无声，我对面的男编辑先说话了："作为爱好……是很好。"男孩点点头，没再继续这个话题。我想我们都有点儿怅然，为这个或许我们都曾问过的问题，现在看来居然如许荒谬。

送他出门，他迷糊得找不到下楼的路，过一会儿又打电话过来，说忘了东西在我们办公室里。我一看，有个塑料袋放在主任的电脑机箱上。他说先放着吧，过几天他再过来拿。"谢谢老师。"他嘿嘿笑着，挂了电话。"老师"，我回味着这个称呼，百感交集。有点儿担心，这样一个温良又有些才气的孩子，粗枝大叶，满怀理想，在社会上将遭遇怎样的风云际会，最后泯然众人……当然，最好他运气好，能把那个无邪的大大笑容和坚持写作的习惯多保留一段时间。

大学的院内选修课，有一门叫西方现代思潮。老师很年轻，其貌不扬。但他一讲起课来就与平日完全不同，神情和语气饱含深情，仿佛在沉吟一首长诗，光芒四射。我爱死他口中的文艺复兴，起高楼宴宾客的情景都在讲台黑板之间一一重现，那种纵横捭阖又不失浓墨重彩的厚重感，大抵"即从巴峡穿巫峡，便下襄阳向洛阳"也不过如此。他谈起拉斐尔的生平和画作的时候，既亲切如聊起邻人逸事，又深情似称颂自己的爱人……一次快下课了，他停下来，说学历史的人其实蛮尴尬，什么都要懂一点儿，但什么都不精专。"但我就是喜欢历史这一门，真是没办法。"他说。

我记住了他的这句话。将爱好作为职业所收获的成就感，大抵是只为谋生而工作的人所不能比的。这样的职业选择，仿佛性格决定命运一样，有一种不容辩驳的必然性——在理想与现实之间，如若真能找到一个黄金节点，愚笨如我，即使再重活一千次，也很难再做他想。前几天，爸又问起我是不是报考公务员，我还是摇头——再说吧，我很懒。就这样吧。

很喜欢
又不那么喜欢的自己

　　我很感谢我的职业，它教会了我很多，比如认真，比如勇敢，比如耐心，比如不争。工作越来越多，意味着出错的概率也越来越大，时时都可能一拍脑袋——"糟了！"做书是一种遗憾的作业，回头看总会发现问题，有些是错误，有些是瑕疵，它们白纸黑字地晾在那儿，同时晾着的还有"责任编辑"一栏的名字。

　　现在我是半个作者了，双重身份的感觉很奇妙，也很疲倦。昨晚我梦见交稿那一天，我的编辑跟我说："12万字，你怎么只交了8万字？""糟了！"幸亏被过度惊吓，一下子就醒了，不然得难受一宿。

老钟头儿很喜欢笑话我，比如我在大风天晒被子，楼上楼下折腾个半死；比如职称考试那天下大雨，我带的太阳能计算器按到一半就不出字了……虽然最后被子都抱回来了，职称考试也通过了，可他还是拍着肚子哈哈大笑："人哪，就是什么事儿都得经历。"我爹嘲笑我的时候那张大大的笑脸，真是萌极了。

一个平常的加班日，王总在公司楼下等车，我跟她说："突然想到，你从来都没专门写过我。"她说："是吗？我回家就写。"几个小时后，她如约交稿：

她是一个劲劲儿的人，不轻易服输——虽然我陪她经历过一点点的时光，虽然隔岸观火并不能对她每次的低落感同身受，但旁人不得不佩服她，无论是生活还是工作上出现的困难，她很少怕过，出现问题时总是下决心一点点解决……每次听她说长春下了大雪，想象她一个人来到办公室扫扫地，烧壶热水，写写字，这样的画面让我觉得她胸前肯定挂了一把明媚的钥匙——让她在多数时刻不仅可以将问题大大方方地解决，还把自己经营得很有温度。

昨晚我娘让我打电话给她朋友的儿子，一个写小说的男人，岁数跟我差不多。电话打了两个小时——他的稿子想上杂志版面，但总达不到编辑的要求，于是想找我来帮他润色。我说这件事是这样：
第一，我现在实在没有时间；第二，非原创的东西我不写；第三，跟媒体的沟通，一开始都比较难，因为彼此不了解，但只要第一篇通过，后面再合作就简单多了。我建议你，第一篇无论如何要自己修改，编辑的心里有一根线，你要自己去找。即使我帮了你，稿子上了（且不说很可能我改的编辑也看不上），后续怎么办？每次上版面都重复花费沟通成本？这是因小失大，太不划算了。

"有些事是很难，不过也只有自己去做。我理解你所谓的'瓶颈期'，不知道怎么去写得更好，做得更好，不知道怎么去突破自己，但这件事，别人真的帮不上忙。唯一的方法就是不断学习，像条八爪鱼一样，尽可能伸展自己的腕足……我自己也是一样。"

我们俩聊得很好，他说把正在写的长篇发给我，希望我看看。我说："OK，我一定看，放心。读完之后我会汇总一份书面的建议和感受发给你。如果你有出书的意愿，虽然我们社不善于运作这种题材，但我可以想办法帮你推荐给一些图书公司的朋友。"

电话的最后，他问我是不是觉得他不切实际。我说有想法总是好的，去做就是，尽人事听天命，该努力的努力，该看开的看开，就没有遗憾。

有一首歌叫《雪中火》，我开车的时候常常单曲循环放周华健的版本。有时候加班晚了，街灯一盏盏向后，世界安静到只有这首歌。我其实是个很矛盾的人，柔软的时候像水，强硬起来又像一只斗鸡。我一直以为自己无法胜任琐细的工作，可现在的生活越来越被细分了，又雀跃，又无奈。

　　每个人都差不多的，有时候很喜欢自己，有时候又不那么喜欢自己，如此反反复复。我最喜欢自己的一点，是心里的那团火，真心想对别人好，又真心想往上走的那股劲儿。是它让我不怕了，让我不再拍着脑袋喊"糟了"，不再睡不好，也不怨天尤人。在那些一个人的加班夜，车里反复循环着的《雪中火》，是这样唱的：

　　　　幽怨的你极冰冻
　　　　心中的世界像冷的风
　　　　然而遇上我像火里梦
　　　　内心的爱永远热红

也祝你有好运气

出租车上，我习惯性地坐在后座。司机自称 40 岁，问我多大，我如实说 27 岁。红灯亮起来，他长久地回转身子端详我，弄得我头皮发麻，屡次验证今儿没穿低胸衣服也没有走光，才放下心来。端详完，他说我看起来顶多 25 岁（纯粹是鬼扯）。然后他摇下车窗，点了一支烟，开始慢悠悠地自我剖白，从失败的婚史说到现在的女朋友，并义正词严地说他喜欢白白胖胖的，"就是你这样"。他现在的女朋友太瘦了，他有点儿不喜欢，但是她对他实在太好，他被感动了，就觉得在一起也不错。而且她长得很好看，"尤其是一笑起来的时候，可好看了"。他说这话的语气不像 40 岁，倒像 18 岁，纯洁而深情。

本来 10 分钟的路，他绕了我 20 分钟，安慰我说："别怕，我不多收你钱，我就是想多拉你一会儿，咱俩唠唠嗑。"其实我从头到尾没说上 10 句话，大概他只是想找个人说说话吧。

他接着劝我不要结婚："男女之间总是有一团火的时候，但一结婚就厌烦了。男人有了这个女人就想那个女人；女人稍微好一点儿，但一旦想开了比男人还放得开。"

又说到那段婚史："我对她可好了，她喜欢什么就给她买什么，她爱吃什么就给她做什么。可她嫌我没钱……你说一个男的没钱养媳妇，也是闹心，挺理亏的，就加倍对她好，使劲挣钱……结果有一天我开晚班车，看见她跟我们邻居一男的在路上扯着手呢！我当时一脚油门儿就把那男的撞飞了！！"

"啊？！那你不担责任吗？！"

"拘留 10 天，出来我就跟她离婚了。"

"您也太冲动了。"

"那我也不后悔……你不知道——这要是情人吧，她跟完我，爱跟谁跟谁，我顶多有点儿不大得劲儿。可这是媳妇啊！媳妇跟别人使个眼神都不行，那真是杀人的心哪！"

"这事之后我再也不相信女人了。现在这个女的对我贼好，可我还是不敢跟她交心。我也不给她花钱，也不带她吃好的，怕再折进去，跟有病似的，有时候我自己也挺瞧不起自己的……她命挺苦的，30 多岁老公就病死了，自己带着个儿子。她老给我花钱给我买东西，我都……我都不好意思，不知道自己是咋了，太不爷们儿了……嘿，这话我也就跟你说说……我跟我前妻是 2004 年离的，到现在几年了？七年了。她一次也没联系过我，一个电话、一条短信都没有。"

中途上来俩拼车的女人，我往后座内侧的座位挪了挪，让其中一个坐进来。他有点儿不大高兴，好像谈兴被打扰了，又好像因为让我受委屈而不悦，嘟嘟囔囔了半天。我于是有点相信他说的对他前妻很好的话了。

车到集团门口，他果真没有多收我的钱。我拉开车门正要下去，他突然急迫地转过身来："姑娘，祝你有好运气！"我回头笑："谢谢！"他踩一脚油门走了。我始终没有看清楚他的样貌。

推着集团的旋转门，我想：他的那个瘦瘦的漂亮女人，到底是怎么笑的，会那么好看。她最终能真的打动他，让他对女人、对感情——对自己，恢复信心吗？

我始终相信这日益凉薄的尘世，依旧该长存着几多坚忍的温情，折不断，浇不灭，冻不裂，烧不化。

也祝你有好运气。

没有输赢
也没有亏欠

曾经有个女人找到我，给我留言说：你赢了。我没回复她。后来她又找到我，留类似的话。我至今没有回复，也不会回复。从她出现到她离开，她从没有走出过输赢的权衡，所以时时计较、时时揣测、时时失态……所有这些，都是女人处在那种情境中的正常反应，我也不能幸免。但在另外一些时候，我付出，我得到，我享受，我承受，没有输赢，没有亏欠。

胸有惊雷而面如平湖，是一种涵养，也是一种无奈。每次吵完架，我们坐下来，半调侃半认真地分析为什么吵架，看起来是为了共同进步和美好的明天，事实却是说着说着都不好意思起来。因为吵架要么是因为一些鸡毛蒜皮的破事，要么就是因为我们都改变不了的积习，所以真是毫无意义。

与其他女人比起来，我既不漂亮也不性感甚至不够专心致志，那么我的优势大概是浑不吝的幽默感、仗义和不以为意——不以为意，这非常重要。在操蛋的生活中，用美景、美食、美酒、美男和工作阅读之类去分解作为一个女人的注意力，又用化妆买衣服之类的女人活计消解作为一个人不定期的对人生涌起的怀疑。

我还有个优点，是言出必行，尤其是撂狠话，总结起来就是，我比较狠。当我说"你再让我看见这个我就给你撕了"，大多数男人会觉得是一时气话，但我真的就在夏天的黄昏，拿着美工刀慢悠悠地把一件没拆封的新衬衫撕成拖把似的布条丢在地上。因为我不是在示威，而是在践诺，事先打过招呼了，很礼貌，很平静。这个场景说起来当然有点儿歇斯底里，不过我知道这件事在我和他的底线之内，它符合我一直以来的浑不吝，也符合他对我的印象。在衬衫变成拖布之后的两个小时，我们又可以把这件事当作一件尘封的笑话讲起来，像什么都没有发生过。

武志红的书里否认了"对的人"的说法，他认为人应该先搞定自己，我非常同意。可惜如果你恰好遇上一个搞不定自己的、不断作死的人，并且爱上了他／她，那就不大好办了。不作死就不会死，可作死还叫人生吗？其实我很想回复那个女人这样几句话：第一，没有人输也没有人赢，这压根儿不是一场战争，我也从没有以你或任何人为敌。第二，螳螂捕蝉黄雀在后，脱身要趁早，我祝福你。

第三，如果有一天我真的当这是一场战争了，你或任何一个她，都不是我的对手。

十几年前，我们都是初恋受挫的小女生，坐在一起肿着眼泡互相问一些"你还相信爱情吗"之类的傻问题。有一个女孩给我分析我的分手，说："你跟他分手就是因为你不能忍他了，这说明你不够爱他，因为一个人有多爱一个人，就有多能忍一个人。"她满脸都是17岁的像煞有介事，于是我也分外肃穆地注视着她，可心里想的是：不是啊，我很爱他啊，可我就是不能忍。忍和爱，是两码事吧？

我不是情感专家，因为太多事算不明白，比如上面那段话，我想了13年还没想明白答案。可是想明白了又怎样？条分缕析的人生该有多无趣啊，像整天穿着白大褂儿在一尘不染的档案室上班，四周的纯白木柜里整整齐齐地摞着冷冰冰的钢制文件夹。

其实我见过那个女人，只是我从她身边走过时，我知道她，她却不知道我。如果她发现了这件事，大概会备感羞辱，因为她当这是一场必须一决高下的较量。其实有什么呢，傻女啊，不知是福。

灯乍亮，必有人端坐于千万人之中，她以为会是我。其实我早已趁乱遁走，不知所踪。

人生的真相
应该自己去寻找

　　因为最近工作上遭遇的一些挫败，虽然嘴上说着不在乎，心里是痛的。前天晚上一整夜睡不着，昨晚早早爬上床，还是梦见面孔模糊的人跟我说："你就是不行啊，就是不行啊。"这种痛苦跟男人被说在床上不行，孰轻孰重，我分不清。

　　醒来之后，我回想自己，其实从没有走过什么捷径，也没有大人物眷顾，自己拼成什么样就是什么样，使的都是牛劲。无论考试、工作、感情，还是交朋友、赚钱，基本是实打实戳在那儿的，所以对命运公或不公、运势顺或逆，历来没有太大的感想。在第一万次给自己做了心理建设之后，我一早起床打起精神，用心推敲和修改专栏的题目和信息，反复修改小说已经完成的部分——有时候我想，

人活一辈子，须如树一样扎根大地，伸展枝丫。未必一定成为最繁
茂的，但至少成长为自己希望的姿态。

以树（当然也有其他美好植物）自比，是很清高的传统，无论
是为了那种高大、挺拔、正直、长远、沉默，还是潜意识里的生殖
崇拜。传说胡杨三百年生而不死，三百年死而不倒，三百年倒而不
朽——我在福建读书的几年，看到许多大榕树，几个人围抱不来的
树干上钉着牌子，写着五百年八百年的字样，又感动，又心疼。世
间百态，见多了，看久了，漫长的时间里独自缓慢而坚实地成长，
怀揣的，大概一半苍凉、一半悲悯吧。

2013 年初，我帮杂志整理周信芳之女周采茨的访谈。她在上
海做元媛舞会。记者问她，你这样推贵族、名媛概念，不觉得是在
给人分类，是不公平的吗？周采茨反问，你觉得世界是公平的吗？
你瘦，我胖，已经不公平啦。记者又问那些妙龄名媛：你们都爱上
过穷小子吗？你们的父母会同意吗？周采茨说，我从来不跟有钱人
搭界[1]的！你没听过吗，"宁弃白头庸，不嫌少年穷"。少年穷不可
能一生穷的，他有才华就可以啦。你们也应该这么想。

最后，我引用了黄佟佟的一段话作为这篇访谈的引子——

　　白氏家族的后人白先勇说："月余间，生离死别，一时尝

———————

1　方言，不搭界就是没有关系。

尽，人生忧患，自此开始。"宋美龄的侄媳宋曹琍璇说："成就
对我们来说好像过眼烟云。"而周信芳的女儿则教育她的儿子：
"人生的真相应该自己去寻找。"

"人生的真相应该自己去寻找。"这就是我的那棵树。

命运的鼓点

年前有一天情绪差到心像被刀狠狠剜了一块，很冷的晚上走出来去浴池洗澡，洗完到楼上拔罐。

拔罐的大姐问我拔竹罐还是玻璃罐，我说随便吧。她说竹罐贵一些，但效果也更好。我还是说随便吧，趴在床上。她身手利落，我听见身后呼呼的点火声，感觉到燃起又熄灭的热度。好像过了很久，她才停下来，问我："疼吗？"

我很认真地感受了两秒钟，回答："有点儿，还好。"

她把小腿上的两个罐子卸掉了，像在怪我，又像在自责："娃儿哦，疼也不说一声。"

后来她屈起一条腿坐在对面的空床上跟我聊天："我哦，跟我男人都是四川的，种地的，后来听说东北有好多工厂，工作机会好多的，我们就来啦，没想到呼啦啦工厂就都倒闭啦，只好找别的工作。有什么工作好找哦，又没有文化，你说是吧？四川也回不去了，房子啊地啊都卖啦……我们卖过麻辣烫，根本不赚啊。娃儿啊你不懂的，麻辣烫要开在学校附近才有生意哦，烦。现在他也没干什么，打点儿散工，我在浴池也10年啦。我儿子大学毕业啦，倒是有工作，不过也就那样啦，还不是给人打工？他有女朋友啦，说要房子，哎呀，我们哪里有钱买房子啊，早知道房子会这么贵，我们就早买啦，现在哪里买得起哦，儿子还要怪我们没有早为他打算……"

我歪过头望着她，时不时嗯嗯哦哦一下。她看看时间差不多了，站起来准备把我身上的罐子都卸掉。"反正哦，我这辈子，就是步步不赶点儿，步步都选错。"

洗完澡回家的路上更冷。风打过来，头发针一样戳着棉衣的前襟，发出沙沙的响声。

昨晚在电影院看《西游降魔篇》，看到镜花水月，看到众生皆苦，就想到微博上看到过两个段子。一个说在超市逛，听到身边的人在打电话，说"出来打个分手炮啊"，正暗想此等牛人一定要结识一下，一回头却发现打电话的人虽语气嬉笑实则满脸都是泪。另一个，好像是庄雅婷写的，出租车的广播里播放着一首苦情歌，红灯处，司机停下车，默默掉眼泪。

初中时读孔庆东，那时候他还没有这么张扬，甚至并不知名。他有一篇写顾城的小文，题目叫《生命失败的微妙》，文中提及这个题目让他想了很久，是生命失败的微妙，还是失败生命的微妙，还是微妙的生命失败。文字与文字之间有一种节奏，是美感也是喜好，是每个写作者时时都在斟酌的。

昨儿跟群里的几个女人提到一些天性必须用绝望来印证存在的人，都有点儿感慨。小时候喜欢大侠萧峰，喜欢没把球踢进门的巴乔，一是因为男子气，二是因为有能耐，但大半还是因为够悲情。在许多文艺不死的人心中，悲情简直是一种不可或缺的审美追求。

然而年纪渐长，就有诸多忌惮，不能想象自己有一天会对一个素昧平生的人闲聊既往人生，做结的时候说一句"步步不赶点儿"和"步步都选错"。

梅艳芳生前在演唱会上翻唱周华健的《明天我要嫁给你啦》，结尾处说了一句："祝你们都嫁个啊，你们最爱的男人。"台下一片尖叫。芳华绝代的梅姑早已不在，当年那些尖叫的女孩而今也都不再年轻，她们有没有选错？有没有赶上命运的鼓点？

许多问题的难，在于无处发问，且没有答案。

最后一次
让你心疼

　　下班了好容易折腾到家，牛奶箱子几乎是丢在地上，长舒一口气。父母又去新房，我突然不想面对空房子，把包里的书稿掏出来扔在柜子上，转身去超市。

　　一路用手机听着歌，走灯火阑珊的地方。大广告牌后面突然传来哭声，我还疑心是耳机的杂音，一转弯，就见一对男女相视对峙着。非礼勿视，我心无旁骛地走。女孩转身要走，动作很快，差点儿撞到我，男人啪就拽住她的马尾辫，咔地一下扯回来——就是那样的一瞬间，女孩惨叫出来，几乎是被半拖着跪在地上，下不去也起不来，而男人甚至没有松开手。我大大地惊怕了，快步走了过去。

我也留过这么长的头发，直的，黑的，没经过一点儿修饰的长发。我不知道这个身手敏捷的男人，是不是也曾将手指拂过女孩的长发，柔声说情话给她听。他已经这样丧失了理智，她哪儿来的勇气和自信转身离开？她想到他会这么对自己吗？她现在是更疼，还是更难过。心死，心没有死。或者，凌迟一般的后爱情时代，才刚刚开场。

就这么胡思乱想着，一路走过去。

买薯片的时候，一对男女在身后。男人趴在购物车把手上，很悠闲，女孩面对他站着。我没有留意他们，绕过去，专心辨别那琳琅满目的价签和口味。他二人也不避嫌，就幽幽在我身后聊天。

男人说："生活总是很现实的。"

女孩："可是……我什么都能忍受。先前你那么说……都已经那样了……我都接受了，我都不觉得有什么……我从来没麻烦你，是吧……你看……可是……"

男人还是很镇定："是，我是很感激你。"

女孩愣了一下："不是这么回事儿……不该是感激。我是说……你现在不能……这么长时间了，你不能说没就没有了……我的想法，你是明白的。"

女孩说着说着，就哭了。

男人又接着说："所以我说生活是很现实的，事儿不会像你想的那样去继续。我很感激你……"

女孩哽咽着："不是这样的……不是这样的……"

我胡乱拿了一罐薯片就跑开了，可身后还是传来那男人的话："很多事儿不像你想的那样，谁都没办法，你就得承受……"

在超市里一圈一圈地绕，不想回去。天气那么冷，没人帮我提东西，没人给我买烤地瓜，没人心疼我这么晚还加班，没人问候我这一天过得好不好。一圈一圈。没有人在意我。回家也是我一个人。一圈一圈。很多老太太在抢购鸡蛋——我不需要鸡蛋。很多小夫妻在抢购打折的面包——我也不需要面包。一对对男女推着购物车穿梭在我身边——他们是否真的相爱，会爱多久，会怎么分手，会不会分得很难看，像他和她，或他和她？会不会明明不该在一起，却互相折磨，直到对彼此一点儿心疼都没有，只剩下恨意？

就是这样的一句话，我突然明白，就是这样的一句话——我想问问那个狠狠扯住女孩辫子的男人，她最后一次让你心疼，是什么时候？我想问问这个随口说出冠冕堂皇的话语的男人，你面前的这个女孩，因为你的遗弃，哭得像个泪人一样，你果真一点儿都不心疼吗？

我想起闺密赵小姐有一次说起跟男朋友闹别扭的深夜，她一个人在操场上绕，走在那么醒目的球场灯光下，无非是为了让他想找她的时候，马上就能找到她。可他没有来，电话也没一个，短信也没一条。她坐在灯下，渐渐冷了，困了，才不得不回家。房间里，他面对着电脑或一本书，安详地坐着。看见她，什么也不问。赵小姐跟我说："他一点儿也不担心，即使有时候他会象征性地问一句，但是……我知道，他一点儿也不觉得心疼。"

爱情只有有无之分，没有深浅之别。在生病的日子里，因为炎症而高烧不退的夜晚，妈守在我床头，我疼痛又虚弱得说不出话来。去小诊所打针，一步步挪过去，400米的路途要走上20分钟。手术时的恐惧，不停地跟大夫聊天来掩饰的窘迫。手术后自己走出来，对众人比个"V"字手势。术后几天走路时撕扯的疼痛，换药时切口一次次被扒开的刹那，我紧紧捂住自己的嘴，不叫出声来……

所有这些，我多么努力地去做到，不让谁看出我的难过和无助，不让人心疼我。近乎偏执地守卫身体的隐疾，不告诉任何人感官的刺激有多强烈——无非是因为，我怕我想能心疼我的那个人，并不能做到那样的心疼。我怕这样的一个他，会让我忍不住腹诽。可我不忍心责怪他一分一毫，因为如果他因为我而负累，我一定会心疼。

我最害怕的事，
是我最终没有嫁给你

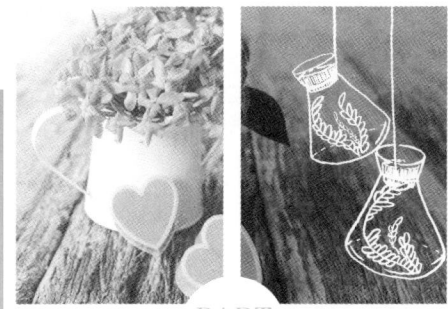

PART
2

衡量不出我有多么热爱跟你在一起的分分
秒秒，以至于再美的景致都成了相框里微不足
道的布景。我终于明白了一件事：无论身在何
处，我记得的，始终是你的温柔。

但是有如果，
也还是要爱你

陈清扬说，……她再也不想理会别的事，而且在那一瞬间把一切全部遗忘。在那一瞬间她爱上了我，而且这件事永远不能改变。

——王小波《黄金时代》

那一天，拖着墨绿的皮箱，在寒气中走出机场，地上的积雪清清亮亮。我决定结束流浪，开始按部就班的生活。

5月，第一次见你。我K歌到疲惫，靠在你的肩膀上，把"轴"字描在你的掌心里。你送我回家，牵手走那一段安静的路途。

上次见面，我们站在街边等出租车。我的手那么默契地滑进你的手里，清晰地听到心里传来的叹息。我们照例并排坐着。你一定没意识到，这是第一次，在车上，你主动伸出手，把我的手攥在掌心里。就因为这件小事，我把脸扭向车窗，对着飞驰而过的城市风物，偷偷笑了。

你同样不知道，只是一次寻常的晚餐，我就暗暗积攒了那么多细节——我问："你有酒窝吗？"你说："没有啊。"然后你从对面伸手过来，手指点在我的脸颊上，说："你这儿有一个酒窝啊。"我抬头望向你，你笑着，手指还停在我的脸上，触觉温软。你提到你的一个朋友，说："要是我们结合了，我一定介绍你们认识。"

"结合"——我还是暗自打了一个激灵。即使早明白自己不该纠结在你脱口而出的戏言里，可还是欢喜了。

去火车站的途中，一路堵车。你不会知道我有多忐忑。我怕你见了我，并不高兴，反怪我添乱；又怕你琐事缠身，并不希望我看见你的窘态。我还想，如果你的家人来送你，我远远看见，就原路折回，只当是没有走这一趟，决不叨扰你的生活。是的，我连见面时的呼吸也反复练习，我连伪装成不知你这一趟经历了多少波折的话语和表情也排练停当。把站台票衔在嘴里，冲进候车厅，抱紧黑色背包，攥着手机，一遍遍在人群中找你。

跑向软卧候车室的时候，手机蜂鸣，高跟鞋嗒嗒嗒一路脆响，我已经耽搁了40分钟，内心惶恐。终于站在候车室的玻璃门前向里张望，按掉电话，回头就看见你。看见你，那一瞬间，我听见坚冰坍塌的声响，远远传过来；好像在无边的黑暗里，终于摸到一面墙壁。

你笑了，拉着我的手。好吧，我又暗暗记下：这又是第一次，在白天，在人声鼎沸的地方，你拉了我的手，旁若无人。该说些什么呢，我说我害羞了，你一定笑我，一定不信。可是，是的，我害羞了。即使只是因为你在候车室里一直拉着我的手，把包里的东西七七八八地展示给我看；即使只是因为你把我带来的益达欣然地塞进了行囊里，又把你妈妈给你带的牛奶塞给了我；只是因为我们一起走向对面的书报亭的时候，你一直没有放开我的手……我就初恋一样脸红心跳起来。

我没听到检票的广播声。所以你把检票口指给我看的时候，我还是懵懂辨不清方向。可是你突然就俯下身，亲了我的脸颊，说："我走啦。"那么快，又那么慢，闪电一般，让我呆立在原地说不出一句话。直到你再折回来，带着仿佛要把我撞倒的力量走近我，重复了那句说过无数次的话："哥哥回来带馍给你吃。"我多恨自己居然不懂得挪动双脚上前紧紧地抱你一下。那一刻的我，多不像我呀。我多想瞬间就成了日常的模样，像之前跑来送你一样决断，像任何一次跟你斗嘴一样神气活现……可是因为你在候车厅门口的一个笑容，因为你留在我掌心的余温，因为你俯身的一个吻，我就只能像 17 岁的小女孩一样，丢弃所有的清高伪装，无所适从地对你微笑，望着你走远。

我见证了这个命途多舛的假期，心下虽然不舍，可见你释然，竟比自己休假还高兴。终于，你回身高举车票向我告别，神采飞扬。我还是站在那儿，直到连你的剪影也不见了，才走出候车厅，走下静默昏暗的出站台阶。正午的阳光照过来，我从人群中穿梭而过，红了眼圈。

更早的时候，我以为我只是喜欢跟你在一起的新鲜刺激，我以为我头脑如许清楚，不会再无端陷将进去。然而，在那些黄昏和雨后，你坐在我对面，娓娓述说着你的生活；你微微闭了眼，告诉我："三儿，我看见你的书出来了……"我已经在自作多情地纠结——有一天我成了别人的妻子，这些话，你又能如此心无芥蒂地对谁说起……我总能背出你在短信里写给我的话：喝多了我也这么想，三儿，我想看到你快乐地活着……三儿，我很好……我感冒了，在喝你买的三个九，味道好像卡布奇诺……我从山东买了些煎饼回来，给你留了一盒……

我明白，我拼命构筑的堡垒，早就溃败一空。候车的时候，我在手机里记录着什么，你要看，我就躲开。你同样不知道，每见你一次，我就要在手机的备忘录里记下一笔。这一天，在候车大厅，是我们的第二十二次见面……即使言语从来没能将我的情意表达千万分之一，最后，我还是虔诚地写下：亲爱的，愿你否极泰来。

今晚，我收到了你发来报平安的短信，这才从躁郁的两极中脱开身来，打开电脑，写这一篇笨拙的文字。就在此刻，音响里的歌儿一遍遍唱着——"如果没有你没有过去，我不会有伤心；但是有如果，还是要爱你。"

深白色理想

下班在电梯口跟一班同事撞见，有说有笑挎着胳膊走出大厦。相继到了各自的车站，道了别，一个人在站台上。过去在 blogbus[1] 的博客叫"月台"。月台，是无法预知的将来，不能回到的过去，和不得不做出的选择。因为车票已在手中，而那个人，已在车窗的另一面。

每天都有千千万万个独处的时刻、千千万万个瞬间，心里满满的都是你。以后的我，该怎么回忆起这个漫长寒冷的冬天里，我深白色的理想。

1　blogbus.com 是一家 Blog 托管服务商（Blog Service Provider），提供收费服务的中文 Blog 网站，在中文 Blog 业内享有盛誉。

　　而与你一起，至少让我拥有了一种从没有过的心得——我不是
因为怕寂寞，怕分手，怕一个人生活，才怕失去你。我只是因为怕
失去你，才怕失去你。

　　昨晚短信里发了晏小山的《鹧鸪天》给你，正是朦胧中又梦见
你问我些模棱两可的话。我这样回答：我知道你多讨女人的喜欢。
她们喜欢你，因为你的温柔、多情、周到、清俊、才气……但如果
你问起我，我要说，我喜欢你，是因为我相信，我们根底上是一样
的人。因此事无巨细，无论你怎么应对，我都不会心生抱怨。这是
在我有限的生命视野中尚且没有过的，太懂事，太稳妥，也太冒险
的爱。

　　在梦里，我也直视你的眼睛，那么认真，那么安静。翻了个身，
我就醒了。没有等到你的回答。

雪夜里
饮了一樽温酒

比现在还年轻的时候，我就坚持着终生追寻 soul mate[1] 的虚妄信仰，如今站定回想，居然没有更改一丝一毫。生活的苦难，是在幽闭的困苦中无法脱身，这是我目睹的许多婚姻或感情关系。但我相信有那么一个人，只消能嫁给他，我对生活的要求可以少之又少。那种眉眼中满溢出来的幸福，是"I made it"（我做到了），是"嘿，看，我终于找到他了"。而幸福背后，是从此我们将在彼此的人生中成为最亲切的同袍，并肩披靡，冲锋陷阵。

牵手有拉手与十指相扣的区分。在我之前的任何一任男朋友中，

1　即灵魂伴侣。

无论相处多久，从没有十指相扣的先例，这的确算是咄咄怪事。于是，每当跟郭大十指相扣走在街上，我就不免觉得有趣。似乎某一理论曾经试图证明，不觉就会十指相扣的情侣是真正的灵魂伴侣。而另一理论马上与之分庭抗礼：习惯十指相扣的情侣最终都会分手——并列出了汤姆·克鲁斯和妮可·基德曼，迈克尔·杰克逊和猫王的女儿，布拉德·皮特和詹妮弗·安妮斯顿等一系列华丽丽的名单。今天我又看到一个帖子说同游过厦门（鼓浪屿尤甚）的情侣一定会分手。于是继谭木匠、石头记、女生给男生打围巾这一系列诅咒之后，又多了一个情侣分手的噱头……应景的是，很快就有人说"只是因为情侣本来就很容易分手罢了"。

昨天跟郭大的哥们儿一起吃饭。郭大起身去埋单的时候，他哥们儿悄声跟我说："赶紧让他跟你结婚哪！"我一愣，想及一两天前刚因为这事儿跟郭大有不大开心的对话甚至对峙。于是打个哈哈，没有回答。他又说："你得管着他点儿。"我不觉为了这话真的笑出来："我可管不了他，不管还好点儿，一管更完啦……"

心里就有暖暖的东西升起来，像在雪夜里饮了一樽温酒。

我喜欢善意的相告，不对立不悲观不破釜沉舟的建议。在一起，本身就意味着一种默认和默许——默认他的性情，不做非要改变对方的努力，因为这既徒劳又不够尊重；默许他一定程度的任性和忠于自己。我听惯了那些攻略似的吊诡建议：怎样拴住男人，怎样逼他就范，怎样让他给你花钱、花时间还满心欢喜……即使我相信这都是经验之谈，且真的有无数"先辈"成功过，但这不是我的路数。
爱情，或者感情的大成，难道不该是你中有我、我中有你，对对方
喜怒哀乐荣耀失意的感同身受？

"你得管着他点儿。"这话温暾可人，是对我的劝勉也是对他的
关怀，实在可爱得紧。

上午遇见憋屈事，吃了哑巴亏，本来想就算了，可到底意难平，
短信给郭大发牢骚。谁知他比我更气愤，两条短信之后打电话来教
我如何知耻后勇……我一边安抚他一边忍不住笑，仿佛自己刚刚跌
掉的份儿已经一点点回来了。他字字句句都说到点儿上，即便也猜
得到我不会真的破罐子破摔，但从他口中说出来，却比我自己说出
来更爽快。他最后安慰了我两句，语气极其温柔，像是哄孩子，我
再次大大地受用了。

郭大又发短信来问我昨晚一起买书的事儿，我跟他说刚才影响
我心情的始作俑者大概自觉理亏，要请我出去吃午饭，我拒绝了。
他回"对，不去"。在这样怀疑自己的时刻任何一句肯定都显得格外
重要，又何况来自他——突然心中涌起许多感激，回了一条"有你
真好"。眼泪就滴落在键盘上。

山有木兮
木有枝

　　今天我们又并肩走在初见那晚的路上。风很有些冷，你话不太多，若有所思。我说："哎，我们第一次见面就走的这条路啊！"你马上回答"是啊"。我就笑："好像你真记得似的。""都在心里呢。"你也笑。

　　我们没有牵手。初见那晚我们是牵着手的……今天你的笑纹有丝深刻的意思，昭彰在眼角。我一边絮絮叨叨着稿子的事，一边无可无不可地左顾右盼，用余光偷瞟你，克制着自己出口询问你的近况。一条路很快也就走完了。

　　在路边拦车的时候我回头望向你，而你正盯着手机找一个电话号码。奇怪的是，我像对孩子一样心疼你、惦记你，却又那么依赖你给我的心灵支撑。这两种情绪本来该是相悖的，不是吗？

你之于我，是一个分身，对你好，也就是对我自己好。我从不必耗费心神就能感知你的心绪。你写下的每一个字，说出的每一句话，每一个笑容，每一次短暂的沉默或漫长的消失，我都心安理得地悦纳下来……有一天我爱上了你，这一事实早已不可改变。然而，今天，又走在这条路上的时候，我突然仿佛感知到你一直以来捉摸不定的爱意——闪着玉一般的温润光芒。一年就快过去，初见那晚的你我，大概不曾料到，以后我们还会走在这条路上，如许平和，如许默契。这是一种升华吗？我简直有点儿沉醉了。

能一直在一起嬉笑怒骂，闲聊扯皮，让日子如水流去，就是最大的两不相负——在学人书店的椅子上，你向我讨巧克力吃，欢喜得像个孩子。郭大先生，你一定不知道，那一刻，我已爱你到无以复加。

两个人在一起，
是一种恩情

　　我很享受不需要多说话也彼此明白和疼惜的氛围，哪怕是戏谑，哪怕是抱怨。

　　有时候跟郭大在一起，譬如在出租车后座上，他常常耍赖不想送我到楼门口，可"那段路也不黑吧"刚出口，我就直接回道："少废话！"之后我就忍不住笑，他也笑，就这么一直笑到我家楼下，他懒洋洋地下车再送我一程。

　　仿佛我心底有一块缺口，只有他能为我填上。而在过去的二十几年里，我一度已经放弃了，以为不会存在这样一个人——常常是我建构出一个偶像来，而真正相处，就很快失望；只有目前的这段感情，是我越了解你，就越舍不得。

是他第一次让我觉得，两个人在一起，其实是一种恩情。

恩情，是我本能地就想对你好，而从不去忧虑你会不会不了解我的付出，会不会辜负我，会不会以为一切都理所应当。仿佛一切可能发生的误会和过失，都预先被原谅了。你我永远不会反目成仇，也不会在彼此的世界里蒸发。在对对方的付出中，获得一种比为自己做事更踏实的自足——这已经无关值得或不值得。

是的，比亲密更贴切，林林总总的细节和话语之上的一种情感，恩情。

世界上
最动人的情话

今儿中午笨哈哈地写便笺，拍了几张照，为了参加一个挺清新的豆瓣活动："你听过的最动人的情话是什么？"

的确，郭大先生没说过什么情话给我。写在便笺上的几句，也都是写在短信或者聊天记录里，没有面对面的。倘若有，敏感如我，哪怕只有一个字，也不会忘记。

当然，我记得面对面的，让我觉得温暖的细节。去年我去北京出差一个月回来，我们俩一起吃饭，走出饭店的时候，夜色已经很浓。一起等车，一点点秋凉，我拢一拢风衣的前襟，手很自然地低滑进他的掌心。

上了车，一起坐在后座上，他伸出手来。

我不明就里："哈？"

他握住我的手，很轻柔的一声："手。"

一瞬间，我觉得这个城市亲切极了。

另一次，我加班之后走回家，跟他发短信，他叫我走路别听MP3，不安全。

过了一阵子，我到家了，手机放在一边，去洗澡，回来看见他的两条短信。

第一条：到家了吗？

大概五分钟后，没有得到回复。又一条：呸。

我笑死了。

他去西安，我去送站。行前种种不顺，我不敢提。他牵了我的手走进软卧候车室，而之前我因为不知道他买的是软卧票，在人满为患的大候车室里遍寻他不着，好容易才挤出来，站台票叼在嘴里，包抱在胸前，极其狼狈。我们还没有坐下，他就说："三儿，我把票丢啦……"

我长长舒了一口气："我知道。"

开始检票了，我天然呆地东张西望，他突然在我脸颊上轻轻地亲了一下："我走啦。"

我待在原地不能动，连句再见也说不出来，必要的叮咛也没有，只听见自己的心怦怦怦怦……他又从排队进站的人群里折回来，说：

"哥哥到西安给你买馍吃……"

去年郭大生日，我跟他在饭店门口闹了别扭，一个人走回家。他也被弄得心情不好，回家了，一路给我打了许多电话。我执拗起来，手机设成静音，到家就直接扔在包里，其实知道他打来了，只是不想接，心想过一会儿他也就睡觉去了，明天就没事儿了。

第二天一早起床，才发现数不清的未接来电，上午也还在打来。我不知如何是好。一直到中午才鼓起勇气发了条短信过去：生日快乐呀。

他回：快乐个屁！你咋不接电话！

我心想完了完了他一定是生气了，当然他也该生气……他说：我这年纪也经不起啥意外了……你再这么折磨我，我就砍死你！

这之后，他再也没提起这件事，直到有一次我问起，才知道他后来又从家里出来了，到我家附近找我到很晚，最后只好去网吧上网，看我是不是在线，能报一声平安。耽搁到快天亮才回家。第二天见我还是没消息，还以为我被抢了……

当然，两个人在一起，让对方失望的次数，觉得 just so so（一般般）的次数，通常绝高于这些动人细节出现的频率……然而，记得哪一半，忘记哪一半，全在于个人的选择。

现在我这样想，最动人的情话，除了那句"嫁给我吧"之外，是没有声音的。

最大的私心
和最大的放心

当我老了

当我不敢凝视青草

白雪白雪，你要自己燃烧

——陈先发《我梦见白雪在燃烧》

2009 年夏天的一个下午，跟郭大先生说到朋友间谁谁结婚了、谁谁离婚了，我说："你我结婚的话，我夕死可矣。"

这话说出来，自己也觉得有些惶恐。他更诧异，问："你说什么？"

我再说了一遍。他还是不相信自己的耳朵似的，又问。我又说了一遍。

确认了我的话之后，他说："三儿，不至于吧？"

我很平静："至于的。"

他起身给自己倒了一杯水，背对着我说："你一定得死在我前头啊。"

我也很惊讶，急于确认他的话。他握着杯子，半侧着身望着我，眼神柔和："要不我死了，你可咋整？"

这一幕，跟在书店里，我指给他看我做的书被堆在很高的架子上，他默默走过去一伸手就拿下来，又左右张望着把那三本书放在店门口最醒目的位置上，回头看着我笑的一幕，一起深深地刻在我的脑海里。因为在他背对我的那一刻，虽然我再次清清楚楚地看到了他的恐惧，但也第一次看到了他的一些真心。

后来这样的对话反复又有几次，但从没有深谈——不知生焉知死，谁也不爱谈这个话题。然而每次他都会说同一句话："我死了你可咋整？"

有时候加一句："到时候想吃个炒鸡蛋都没人给你做。"

有时候说说实话："躺在病床上也未必指望得上儿女。"

有时候想想对策："要不我给你存一笔钱。"

2010 年是我很不喜欢的年份，因为从年初开始一直在生病，还做了一次手术。服药调整期间的反应很大，有一个晚上，父母都去新房子住了，我坐在电脑前，小腹突然疼起来，全身发冷，一动不敢动。大概过了半小时，才勉强挪到床上躺下。那一刻，衰老和死亡突然逼近我的脸，我甚至已经嗅得到衰朽的霉味了。

于是，我借着一点儿酒劲跟郭大说起这些事。我说："你老了还有我，我呢？你70，我才58，又没有孩子……你没了，我怎么办？"
郭大先生举起酒杯："三儿，没事儿，你肯定死在我前头。"

几年前在福州街头瞎逛，不知不觉走到林觉民故居门前。那一处院落紧锁着门，也没个售票处，在闹市里仿佛很恬静又固执地守着什么。来往的人都不在意，我在旁边绕了几绕，摸了摸门环和门板，默念《与妻书》中"与使吾先死也，无宁汝先我而死"的话，最后讪讪走开。

我现在想，这世间倘若没了我，他那样独的人，应该知道如何继续生活下去，我则不然。说一声愿意先走，恰是我最大的私心，也恰是我对他，最大的放心。

世上如侬有几人

　　连日来被稿子埋上了，纸片等身。谁也搞不清我左右手、橱子上下、地板上、扶手上的稿子各有怎样的用途，各到哪个工序，只有我自己知道。稿子把路都堵住了，我蹦着走。

　　单身女性身手敏捷。即使在与郭大在一起后一段不算短的时间里，我始终自认为是单身。并非有三心二意的念头，而是内心无所依傍。把自己交托给别人，对现在的我来说是一件很难的事，哪怕心里喜欢，话也都与他说，但很明白许多事只能指望自己。

　　2009 年的冬天有一个世纪那么长，以至于大家都模糊了 11 月到次年 4 月的记忆。似乎是某一天下班后，郭大来接我。我们站在路口——同样不记得是冬天还是春天，总之二人都穿着棉衣，天色阴

沉，晚来欲雪。他提了一袋稿子，准备拿回家替我看。我左右张望
着找车，他掏出手机翻一个电话号码。我回头望着他，一瞬间的动
念：就是这个人了吧？就是这个人了吧。

身体的疾痛，要怎么依赖；突然袭来的孤独感，要怎么依赖。
在我的生活里，这是比贫穷或饥饿更常见的痛苦，总是裹挟着暗涌
的力道奔袭而来，又随着天明逝去。然而我不知道怎样借由对另一
人的依赖来加以缓解。但当在生命中渐渐融入另一个人，哪怕这过
程悄无声息，但毕竟是不同了。我不再是单身女性——每每经历悲
喜，永远只想先告诉那一个人。预设了他会在乎，预设了他会懂得，
仿佛这是顺理成章的，无须强调和标注，早已经写在古老的陶罐上。

我这样写过：在生命中所有的窘迫时刻，如果你只能寄出一封
求救信，请背熟我的地址。这种知会，哪怕是积极的情绪，也不再
是轻飘飘的分享，而是分担。文字描摹出的情感显得如此粗粝，在
这种微妙的变化面前，我突然失去了方向。

男人和女人需要在一起，不仅因为性。互补是显而易见的。现
在的我不喜欢一切复杂烦琐的事情，但生存是巨大的石碾，逼迫你
向前向前向前。每当遭遇挫败，郭大一定比我更坚强、更睿智，也
更能找到问题的症结。

好像今天，在我犹犹豫豫地拨出一个电话前，会先给他拨一个
电话，问一声"怎么办"。其实大概猜得到他会说什么，可还是想

听一听——听听他的声音，语词之间特有的音调的转化，对我一贯的激励和挤对……这一切，和镇静剂一样，让我在空荡荡的楼道里，安稳心神。

时至今日，我依然不知道自己能给他带来什么。或者是温柔，或者是倾听，或者是抚慰，或者是嬉笑，或者是我送他的那些不值钱的小东西，或者是对书的共同热爱，或者是我们总能在抉择的时刻做出相同的决定，或者是安全感……我不知道。我太心满意足于自己所得到的一切，每当我觉得天要塌下来了，他就适时出现，几乎从未落空。我自知不再是单身女性——不再那么身手敏捷、破釜沉舟，不再拔腿就走，把任何一个城市都当作驿站。

其实我有什么资格这么有恃无恐呢？可我就是这么有恃无恐了。

言语间都是戏谑，但幸好有你共我半真半假地说这些话；一早一晚琐屑而不值一提，但幸好有你在身边一起挨。几多年来，我对那空旷山谷呐喊，从来只有风声穿过。而今终有你是那不会落空的回声，声声入耳。

不如就这样，
我们都不要变

　　忙得像被雷劈了的一天，活下去的唯一念想就是晚上你会来，裹挟着泥土的腥气和春天的青草味，把去山上挖的山野菜很吝啬地分给我几根。然后赖在我办公室的沙发上，闭着眼睛挥舞颀长的手臂，描述一整天的奇遇，再胡乱说话，在房间里不断走动，第一万次打开我的柜子，看看还有没有什么书可以搜刮。

　　你应该喝了一点儿酒，或者不止一点儿，但你喝酒从不脸红，只是困倦，同时又亢奋。你会一屁股坐在我的椅子上就不起来，然后随便点起鼠标，最后还是被我拽起来，又回到沙发上，从一堆文件的缝隙里望向我，跟我聊天斗嘴，也不管我是不是在忙。

你像个香喷喷的蛋糕吸引着我。索性关了电脑坐到你身边，捏捏你有点儿发福的脸，拍拍你日益隆起的肚子，"走吧，出去请我吃个冰激凌。"

然后我们手牵手走出去，你还唠叨着今天上山鞋子踩到泥里了，继而从不忘了揶揄自己怕蛇，爬山很慢，挖的菜也比别人都少，那家农户养的狗真的很像山羊……诸如此类。你记得的冰激凌店再度出现偏差，我们走了一段路，去找那个莫须有的店，沿途你一再告诉我："要淡定，要相信我，你看我从来都……"我就知道大事不妙。我买给你的黑色外套在一天的山风洗劫后被折腾得无比憔悴，此刻它跟你一起在夜风里猎猎地抖。我笑，你制止我笑，突然加快了脚步，我踮着穿了高跟鞋的双脚，一路小跑着，跟定你。

冰激凌店果然不在你以为的地方，我甚至懒得指责你："算了，去超市买个雪糕给我也行。""哪儿有？"你一点儿不淡定，像迷失在了一个陌生的地方，开始原地打转。我方向极强地拉着你转身，进了最近的一家超市。挑一个雪糕，一块五。"给钱吧。""咋不挑一块的呢！""闭嘴。"你笑，掏钱。我走出超市，一只手拿着雪糕吃起来，凉凉的感觉舒服极了。这还是今年入夏我吃的第一根雪糕。你赶过来拉住我另一只手："三儿，有那种盒装的，要不？""不要啦，贵。"我们心满意足地继续向前。

"我今天忙得跟被雷劈了一样。"我说。
"嗯，你天天加班。"

"我今天能活到天黑，就是因为想到你会来。"

"哈哈……那你看！"你得意极了。

我撇嘴。

"走，去前边马路牙子上坐一会儿，唠唠嗑儿。"你说。

本来是并排坐的，你不知从哪儿掏出个塑料袋："你坐这个。"然后自己毫无顾忌地坐在地砖上。我迟疑一下，把袋子放在你身前的下一级台阶上，坐下了。"为啥要这么坐？诡异。""咱俩很久没坐马路牙子了。""嗯。"

两年前，你在我随身的本子上写下"我跟三儿吃了若干麻辣串，喝了若干啤酒，来动植物园偷熊猫"的那个周末夜晚，我们也是这么坐着的。我们似乎都比那时候苍老憔悴也柔软了，但这并不重要。

就这样坐着，必须回头才能仰望到你。你在路灯下点了一支烟，烟气随着风向直冲我的眼睛，我只好又扭过脸来，望着来来往往的车流，把雪糕吃完。就这样坐了好一会儿——想起前几天被问及共同语言和有没有感觉、有没有话说之类，我就顺理成章地想到你我倒是从来不会没话说。

转眼两年了，或许我对你的恨并不少于对你的爱，这是我喜忧参半的生活。你上次来我办公室帮我加班的晚上，我用手机偷拍了你工作的视频，没事的时候就会看两眼，看我们那么自然地聊天，各忙各的，你偶尔抬眼看我一下，我偶尔抬眼看你一下……一切都这么好，似乎在兜兜转转了很久之后，万事万物终于回归了它们本应该是的模样，像我们从前世开始就这样彼此眷顾，心照不宣，一直到现在，到以后，流动着，又固若金汤。

那天是我们在一起整两年的纪念日，但并没有怎样庆祝，也没有互赠礼物。按照平常标准，无论你还是我，那天过得甚至不算顺遂。出了集团大门，我把你揣在口袋里的手搜出来，"别装模作样的。"我们的手牵在一起。你告诉我，今天又有了怎样怎样的麻烦事，我心想：嗯，可你还是来帮我了。

那天跟人聊天，他问我怎么追姑娘，我说我也不知道。他说他这人很不长情，从没跟一个姑娘在一起满一年。我说那也不见得都怪你，有些事很难说的。于是我想起我们在一起已经两年，这两年不是没有世事变故，也不是没有人心流转，一度闹得那样凶，一度似乎也很凉薄，但毕竟还是在一起。从前我常自觉是我一人在支撑，现在却清楚感觉到你也在维系，你也在珍惜，你也在努力。你对我的种种宠爱和宽宏，倚重和信任，你生活习惯和性情上的艰难改变，一点一滴，涓滴成河。一种相濡以沫、相依为命的情绪如墨水渗入清水一样在慢慢洇开，慢得你无法单单将目光长久集中在某个点上。

我不是薄情的人，我的长情已经让许多人认为是匪夷所思。可我还是得承认，这是第一次，我爱一个人，爱了这么久，不是因为习惯，不是因为寂寞，不是因为虚荣，不是因为仇恨，不是因为任何的现实原因，且并没有转化成友情或亲情等任何一种情感。我那么笃定，所以每一步的选择才如长途跋涉一般左右两难。可而今我们走到这里，直面内心，我自知即使再咬牙恨恨的时刻，我也不曾有过一丝后悔和厌倦。

每天早上我那么艰难地起床，洗头发，吹头发，穿上西装或风衣、高跟鞋，走出门，来到办公室，开电脑，开文档，打电话，接电话，应付一摊事，啪啪啪打字，咔咔咔按计算器，唰唰唰翻片子，嗒嗒嗒的高跟鞋声在楼梯和走廊里一刻不停地回荡……我像任何一个男人一样 tough[1]，甚至比男人们还更 tough 一些。只有当你出现在我面前，那个坚不可摧、永远微笑的我才心甘情愿地退下。你像一根犀利的针戳向虚张声势的气球——"噗"，我就换了真实的脸、真实的心，软软地靠在你膝盖上，吃着雪糕，回头仰脸看着你，傻笑，像个跟自己喜欢的人在一起的 17 岁小女孩，有一肚子说不完的委屈和笑话，要倒给你听。

我要的这么少，却只有你能给我；也只有你给我，我才要。如果你能对我更好一些，就最好；如果不能——那不如就这样，我们都不要变吧。

---

1 意为强硬。

全世界
最大的那颗钻石

　　昨晚妈问我跟郭大的事，我说我们俩可好了，好得难辨雌雄不分胜负动如疯兔静如死兔。我妈就没好眼地瞪我，说怎么个好法能好成那德行？我说我们俩真的可好了，见面就牵手。我妈说那有什么啊，谁搞对象不牵手啊，这点儿破事把你美的，出息！

　　我想起一次书展之后，我拿了好些书去找郭大。刚说过分手不久，自己都觉得自己臊眉耷眼，但还是去了。我还失心疯地穿了双12厘米的高跟鞋，好像还穿了条裙子。走了五分钟我就崩溃了，又没法儿提议像往常穿裤子那样扑通一声坐在马路牙子上。那是我第一次去郭大家找他，那破地方里里外外都是机关单位，连个吃饭的地儿都没有。绝望的是我们俩当时分手不是分手，在一块儿不是在一块儿的，牵手不是不牵手也不是，就茫茫然地走啊走啊走啊走，我面无表情，满肚子内伤。

终于看见马路那边几爿店铺，郭大也走得比较崩溃，也不管是不是人行横道，加上他家那儿也没什么车流，直接就穿过了矮榆树墙。榆树墙中间隔几步就有一棵丁香，我们只能从间隔的那个树坑旁边过去。那几天刚下过雨，树坑的泥土又软又滑，郭大一个兔子蹦过去了，我只好硬着头皮跟上。悲摧的12厘米的高跟鞋在此时彻底展现了风采——虽然只在泥巴上蹭了一下，可脚底立马一滑——如果不是积攒了26年人品，我一定会直接折进树坑顺带个倒拔垂杨柳的水浒奇观……终于稳稳站在柏油路上，心跳足有每分钟120下，热恋的时候约会我都没这么不淡定过，高跟鞋上全都是泥巴。实际上那时间都不过五秒钟——郭大先生回过头看我的时候，我已经脱险。因此他没看出任何不妥，我们过马路。

过马路也很别扭。他还是本能地想拉住我，但估计也有顾虑，因此最后权衡的结果是轻轻拉了我的小臂——我被这诡异的委屈的礼貌的触碰弄出一身鸡皮疙瘩。那条马路在我的记忆里简直有尼亚加拉大瀑布那么宽，我恨不得索性扯过丫的手咆哮：咱不分手了成吗！我收回我的话了，你看我都来给你送书了！你知道吗，刚才我差点儿就掉树坑里了！这要是原来你一定会搋着我过去的，我就不会掉坑里了！

当然我什么都没说。过了马路，他松开了触碰我小臂的手。我委屈得快哭出来了。

　　我们俩一起吃了顿烧烤，喝了点儿酒。中途出门旅游的父母打电话来，我条件反射地回答"我跟郭××在一块儿"，说出来之后才觉得有点儿尴尬。郭大先生的眉眼也因此有些不自然。烧烤店里很闷热，吃过饭，他埋单，我出去等他。回头看见他已经出来，穿着那件傻兮兮的橙色 T 恤望着我笑。我就在想，如果他现在还是不牵我的手，我马上打的回家，再也不找他了。

　　他走过来非常自然地牵了我的手走。我很想哭，但忍住了。

　　一个星期后的周末，郭大先生打电话来说吃饭，约在我们家附近的鱼馆，吃完饭出来天已经黑了。他送我回家，我为了多跟他走一会儿，特意要了诈，把他领上了一条绕远的路。走了一半他就觉得不对，但也没什么法子好想了。那是一个所谓高尚社区的外围，我们俩沿着围墙走，连个路灯都没有，漆黑漆黑的。他始终说着他的工作变动，我跟他有问有答，但心里一直想说的是：你为什么不牵我的手呢？

　　后来实在走不动了，我们俩计划穿过高尚社区。在跟社区的门卫套磁的时候，郭大先生突然碰了我的手一下，但我的注意力被旁边几条萨摩耶、金毛吸引去了，终于回过神来，他却没有再动作。

　　我的肠子都悔青了。恨不得当街自掌嘴，虽然表情还是很淡定。

内心戏是：成了，我明白了，错过了，即使见面吃饭也是分了，完蛋了，不能在一起了，什么灵魂伴侣都成了美丽的扯淡了，所谓的我们再也回不去了，大河没盖我跳下去得了，谁让你丫的眼睛都长狗身上了！老天爷你玩我！这关键时刻你安排俩狗来分散我的注意力，曾经沧海难为水了，以后他奶奶个狗熊的老娘我也不嫁了，就让我烂家里吧谁也别理我，我在真命天子面前输给狗了……后来套磁未果——保安也找不着钥匙了。我还在原地天然呆地继续演绎无数内心戏，顺带下决心实在不成就别玩矜持古典了，解放天性把丫手拽过来不就结了？！但又实在拉不下那个脸……说时迟那时快，郭大先生突然拉起我的手："走，三儿！"

后来我们俩终于穿过了高尚社区，他送我到我家楼下，一直牵着手。刹那间，我觉得整个伊通河都美得跟西湖似的，月亮有脸盆那么大，月光像三鹿牛奶一样皎洁。我真是感谢天感谢地感谢天使大姐还给我这口气。

上次见面，我们俩一起逛书店，郭大先生把我的背包接过去："来，三儿，我给你背。死沉死沉的。"说完牵起我的手，两人走在书架跟书架之间，他自自然然地用手指弯出十指相扣的弧度，那种温暖，让我觉得自己戴着全世界最大的那颗钻石。

我很有耐心，
不与命运追逐

不知从什么时候开始，某人的称呼成了一个符号。

不止一次两次，已婚的朋友这样跟我说："我很想念我的郭大。"

或是认识很久的网友："我一个朋友想加你 QQ，女的，她是我
的郭大。"

我问："哦？要结婚了？"

他说："不能结婚。"

我："为什么？"

他："说不清，就是不能。"

　　几天前，郭大喝多了酒，来办公室给我送山野菜，恰好这网友在 QQ 上晃我："我要结婚了，新娘不是郭大。"

　　每每看见这样的话，心都像偷停了一秒，好像受了诅咒，一语成谶。

　　过去那么热衷于算命、星座、塔罗、称骨、求签……现在一样都不想理。这或可解释为内心有了笃定，不再依赖于各种各样唯心的预测。也或者可以解释为更相信自己所看到的，对现状有了掌握。当然更可能只是累了，不想再心怀莫须有的希望。预测说好，就高兴一番；预测说不好，事先就委顿了。何苦呢？等真不得不委顿的时候再委顿也不迟。

　　郭大恃酒而骄，占着我的位置不起来，胡乱打了些字发过去。我制止他，虽然知道制止不住。趁他走开，赶紧向那网友道歉。对方学郭大的语气："无妨无妨。"

　　我问他娶了个什么样的姑娘。他说："一个不纠结、爱做鬼脸、肯全心全意依靠我的姑娘。"

　　李师师真的跟燕青走了？西施从此跟范蠡泛舟湖上，聊度余生？没能生生世世相守的人，依然在传说中并肩穿越了窘迫、疾病和世间的凉薄，后续如此叵测，大家猜来猜去，自此后世永久盘桓着他们一生相爱的传闻。

　　这从不是我一个人的故事。

我最害怕的事，
是我最终没有嫁给你

我在家复习职称考试，郭大打电话跟我说晚上和几个朋友聚聚。傍晚打扮停当走出门，风比我想象的要冷一些。

昨晚给一个左右为难的姑娘打电话，她问我跟郭大先生是怎样在一起的。我讲给她听，同时觉得那是很久以前的、别人的故事。她说："你们现在很好啊。"

是啊，是很好啊。"可是也真的付出了很多。"

现在身边任是谁一脚跌进爱河，我都仿佛迟暮的名媛，千帆过尽，见怪不怪，只那么静静地看着，没什么波澜。付出，是我自己，也是他。我们都变了很多。

平时我绝不是爱煽情的人，我喜欢打哈哈。郭大也很少说什么动情的话。有一次吃饭，他起了个头儿："我半生漂泊，自由惯了，没想到这个岁数认识你了，就稳定……"我赶紧说了句什么，打断了他的话。

不喜欢酒桌上的掏心掏肺，因为说得不好，显得轻佻；说得太好，我鼻子一酸，就要掉眼泪。

进了饭店是他在对我招手，笑起来还挺萌的。我坐到他身边抢他的手机玩，两人打闹起来。手机终于被我抢过来，没有半分钟就电量不足自动关机，不过我还是看到了手机壁纸，是我的照片。

席间，一位一年前丧偶的先生说了几句煽情的话，表达对过去的追悔跟对未来的憧憬。当时我正跟身边的某嫂子聊天，听得不很真切，但也听到一些。回家的路上，我逗郭大："要是我死了，你不能像他那么伤心吧？"

"不能。"被暴打了一顿之后，又更正，"我是说不能不伤心！"

"伤心也憋着，别在酒桌上跟人家晒，我泉下有知也不会高兴的。"

"我那哥们儿人挺好的。"

"我没说他不好啊，就是不喜欢那种表达方式。"

"放心吧……我表达能力这么差，没人家那么会说。"

"嗯，也是。"我点点头。

先前大家从饭店出来，说要去 K 歌，路上前后走起来。郭大一直跟一个朋友谈工作上的事，我走在他们身后。这一幕让我想起过去那许多年，饭局结束，我都是这样默默随着几个聊着天的男人走出来。此时的我最保有一双警醒的眼睛，默默不语地端详某个可能成为我终身伴侣的男人：就是他了吗？就是这个人了吗？

过去许多年里的我，从来没有给过自己一句肯定的回答。搞不好还会莫名就心有不甘，觉得不能这样下去了，必须马上谈谈分手的事；有时候又突然感到这人很陌生，似乎自己完全可以回身冲另外的方向走。女人的决断往往果断而冷情，是就是，不是就不是。

某嫂子大概以为我落寞难当，停下来等我，一起向前走。斑马线，郭大跟他的朋友走在前头，我们几个被隔在红灯的这一边。我用眼睛去找他，看到他也回头在找我。

喝了啤酒走肾，在路上无处可寻，就去路边的网吧找卫生间。我走出来，看到他已经站在网吧的玻璃门外面晃膀子。网吧大厅的地砖很滑，我穿了高跟鞋，走得慢。郭大笑起来，伸出手臂冲我做奇怪的姿势和鬼脸，很开心的样子。我想起刚才跟某嫂子吐槽他总是嬉皮笑脸，让人心里没底。某嫂子说："你别看他这样，他心里有数……我们多少年都没看他这么认真地对哪个女人了。"

　　当下这个男人，隔着一扇通透的玻璃门对着我挤眉弄眼。他那么开心，即使心里压着很多东西；他想让我也开心，而我只消看到他，就会开心。突然涌出的情感亲切多过激越：面前的这个男人，是我的爱人、我的家人、我这一生最好的朋友。

烟花再不寂寞

见了赵小姐的 Mr. Right[1]，是大好不是小好，各种靠谱。赵妹夫去4S店取车，顺便送我回去跟郭大会合。路上看到卖烟花的，突发奇想买了一盒。

郭大打电话说在书店等我，顺便在外头吃饭。我问他怎么又想起来去书店了，他说给老钟头儿买书。

"你不是早买了吗？"

"我边吃饭边看，肉掉书上了……给整油了。"

"嘿，没事儿，我爹没那么矫情。"

"我都买完了。那本已经拿不出手了，成红烧味的了。"

1　即对先生，命中注定的另一半。

晚上吃麻辣香锅。我让郭大带我去放烟花，他说现在没到春节，点烟花会被抓去拘留，"等过年哥哥带你去放。"回家赶上交通高峰，我们俩从出租车上下来，为赶一个只剩几秒的绿灯一路狂奔，包甩到了地上，只好又跑回去捡……他紧紧拽着我的手："三儿，还有 7 秒钟！7、6、5……"

终于跑到街对面的绿化带，气儿还没喘匀，他突然伸手跟我讨："烟花呢？"

背包都扔在冻硬的草丛和灌木上，我掏出几支烟花来，他掏出 zippo[1]。北风凛冽，半天才点燃一支。我从小就怕烟花爆竹，不曾靠前，此刻也略后退了半步看着他耍。郭大擎着烟花画圈："三儿，看，多圆！"我忍不住贬损他："切，一点儿都不圆！"他突然原地顿了一下，远远地跑去了。跑出几十米，又迅速折回我身边，口中模仿着风声……我看得心痒痒，终于顾不得害怕，问他："还可以再点几支吗？""当然啦！"

我又从盒子里拿出几支，郭大把它们跟已经点燃的那一支凑在一起，很快就着了。"这样最快……三儿，给！"他递过两支在我手里，我一左一右拿了，瞬间忘却了恐惧，又是蹦又是跳又是转圈，美得不行。郭大唱："陪你去看流星雨落在这地球上……"唱着唱着，

---

1 即由美国 zippo 公司制造的金属打火机。

突然想起什么："三儿，包呢？"

我压根儿不找："扔了！"

"要是警察来了，你就赶紧跟着我跑哈！"

"唔……那包咋办？书咋办？"

"不要了！咋说也比被拘留强啊！"

"包要是留这儿跑也白跑！"

"为啥？"

"因为包里有身份证！"

不知不觉手里的几支都灭了。我委屈地望着郭大："我还想玩儿……"郭大把烟头扔在地上一踩："玩儿啊！赶紧拿出来，不然这几个都灭了！快！一分钟！"我欢天喜地地把剩下的都捧在手里排排坐着要点燃，郭大笑："留几支过年点嘛！"我不肯："啊呀啊呀过年再买嘛！"

我将点燃的烟花高高举在空中，似乎只要奋力伸展双臂，那光亮便能比天还要高。我冲着光亮大声发愿："操蛋的 2011 年已经过去啦！！再也不会回来啦！！"郭大愣了一下，似乎没料到我会突然爆粗口。我只管继续说下去："新年……明天……会更加、更加……美好！"

好吧，我确实不会做领导式的光明总结，但又无论如何想对过去的这一年说一句扬眉吐气的话。还有什么比"你已经过去了"更释然呢？你设置了那么多道关卡，却没有击败我；你已经过去，而我还是我。

　　我用烟花围猎了郭大先生，"亲一下！"郭大向远处跑，我一路追，不依不饶，"亲一下！"他站定了，把脸凑过来，我在他冻得冰凉的脸颊上狠狠亲了一下……那一刻，幸福湮没了我的痕迹，化作一个个五彩斑斓的泡沫，消弭在满心希望、无所畏惧的此刻。

　　我很想对身边的男人说一句感谢——感谢他的坚持和改变，感谢他终于直面责任，感谢他许我的现在和未来，感谢他对我的每一声问候、每一次眷顾。感谢即使我们之间发生过那许多琐碎，他待我依然是一天好似一天。感谢在我一次次伶牙俐齿的催逼下，他从不曾失态或反击，只是淡淡笑对。感谢他将一个曾经那样戾气悲观的我，变成现在这样一个温存乐天的我。感谢他让我看到日子细水长流，天高高地扛在他肩上，没有塌下来……

　　满满一腔感谢，却一句也没有出口，只是笑着闹着，放完了手中的烟花。我紧紧抱着他的胳膊："我从来没放过烟花……好开心。"

　　"有啥难？以后哥哥带你放。"

有一个人，
给过你完完整整的爱情

　　天快黑了，我们在沙漠里找了一块避风的洼地，拿出自带的煤气罐、锅灶和吃食，开始做饭。起风了，我披上棉衣，深一脚浅一脚地把备胎推上坡地，渐渐推不动，喘口气，啪地跳到一边。它骨碌碌滚回去。再推再滚，我像个女西西弗斯。

　　这样玩了几次，腻了，又向坡上跑，想看更远的景致。可沙漠的天突然就黑了，到处都是一色儿，回头看，只有炉火在闪动。

　　我对着黑的天和黑的地发呆。又想起《情书》里的喊话："你好吗？我很好。"营地里星罗棋布的帐篷和歌曲已经很远了，远处有车灯沿着沙丘的弧线交会又错过。洼地的另一侧开来三辆越野车，齐刷刷停下，大灯晃得我们什么都看不见。开车门关车门的声响之后，"你们没事吧?！车坏了吗?！"他喊回去："没事儿哥们儿！我们在做饭！"

车开走了，画面重又单调安静。我深吸一口气，大叫着跑下去。

到半山腰，背后突然传来砰砰的声响，我惊得几乎摔倒。转身一看，是烟火。

我站在原处看烟火开了又谢，保持着别扭的姿势，脖子都要抻断了。这一朵与下一朵烟火的间隙，炉灶上的水传来嗞嗞的声响，我听见他打了几个鸡蛋在水里，又撕开了面条的包装。

那是 5 月。到达沙漠的那天起了风，赤地千里，戴上太阳镜也要眯着眼睛。返程那天沿途的桃花开了，树木抽出嫩枝，阳光饱满，春风和煦。

我们揣着渴望到达一个陌生之地，可惜远方常常"除了遥远一无所有"。所以渐渐习惯不抱希望，不怀目的，像一段空白格。我一直怀念那个夜晚突如其来的烟火，连同沙漠中骑马的爱人和空中飞过的动力伞，是此行的意外之喜。

周末我们上了大顶山，我一个人走下浅草覆着的山坡，回头看见一人一车一白塔逆着光的剪影，你站在那儿，望着很远的地方。

刚刚下过雨，阴晴交替，青草的气味远近播散开来，云层的空隙中透出的阳光一束束投在群山之间，温柔地穿透了氤氲的雾气。我突然很想大声问你：你爱我吗？

后来我走回你身边，把脸埋进你的胸前。我最终没有提问，就像你也没问我为什么哭了。

昨晚翻看沙漠归来发的微信朋友圈，原来我曾写下这样一段话："如果你没有尝试过焦灼的生活，可以去沙漠，那里有全部的热忱和对热忱的消磨。"

灯火阑珊处有你

吃了晚饭，跟郭大先生手挽手从火锅店里走出来，烟火的光映红了他微微扬起的脸。"三儿……真好啊。"他笑得像个小娃娃，我也开心起来。

"月亮好圆！"我抬手指给他看。

"也不咋圆。"

"你顺着我说一句话能死啊？"

"哈哈哈哈哈，"他看看月亮又看看我，"细看还是挺圆的哈。"

"德行。"

去烟火晚会的路堵得死死的，郭大跟我只好提前下车，一路向河边跑去。身前身后都是声声炸响的烟火，天一会儿是绿色，一会儿是红色，一会儿又是金色……我说："真有过年的气氛啊！"

郭大点点头："过年就应该这样！"

绕过层层高楼，冲破重重人墙，我们终于走到河边站下，对岸
就是回忆岛了。烟火晚会已经开始了五分钟，硕大的烟火一朵朵在
头顶绽放，离我们近极了，又像在很高的天上。河边人头攒动，大
家都雀跃而专注地仰望着，好像绽开又降落的是一种神秘的福祉，
会应验在我们卑微又美好的人生里。我很想对身边的男人说些什么，
又不知从何说起。在静默中，我想到一些关于上元节和烟火的词句，
散落在段落和篇章之间，很多已经模糊了。

三毛在《梦里花落知多少》中写道："而我的心，却是悲伤的，
在一个新年刚刚来临的第一个时辰里，因为幸福满溢，我怕得悲
伤。"慧极必伤，情深不寿。好像如果太过快乐，这快乐就必将失落
得更快；如果碰巧此刻幸福，下一刻就要被这幸福丢弃……这样的
性格和情绪陪伴了我快 30 年，但现在的我，打算不再理会它。

我抱着郭大的胳膊，发现他自顾自笑得很开心。"许个愿吧，"
我逗他，"哈哈哈，许个愿吧。"一朵盛大的烟火应声绽开，郭大故
意做出跌落在我怀中的姿态，两人都笑起来。

爱默生说："将要直面的，与已成过往的，较之深埋于我们内心
的，皆为微末。"即使一切美好的停驻都如此短暂，我并不曾真的
在心里埋怨过什么。如果不经历那些颠沛，你我如何成为现在的你
我？当然，现在的你我也不见得有多完美，但毕竟是一天比一天好

了——我知道，你也有同样的信心。

一个小时后，烟火晚会散场，两人都冻得直抖。郭大突然猫在小区广场的矮墙边示意我什么。可惜我没有会意，只是呆呆地望着他。"三胖子！！烟花啊！！你包里的烟花拿来啊！！"我这才想起，我包里还有他买的三支小烟花，赶紧去掏，嘴里还不服输："谁知道你突然站到那儿干吗，我还以为你要撒尿呢。"

郭大："呸呸呸！很粗鄙！"

我把烟花递过去就跑远了，"我害怕！我得躲远点儿！"

郭大不慌不忙地在原地唤我："跑啥跑，一会儿就放完了！"

因为先前他告诉我，他买的每支烟花都可以放半分钟，我就想还是安全第一，便跑开了一段距离。没想到，那支小烟花 10 秒钟就放完了，我甚至都来不及跑回来递给他第二支。我自然抱怨个不停，郭大则笑个没完，好像戏弄我是一件顶有意思的事。

我兴师问罪："不是说半分钟吗！！这是半分钟？！你有没有时间观念？！"

"哈哈哈哈哈哈……三支加起来半分钟嘛！你喊啥……"

回家的路上，我不知怎么又开心起来："那几个小烟花……其实还是不错的，嘿嘿嘿……"

他居然更开心："是吧，哥哥说得没错吧！对不对？哈哈哈……"

我们继续随着烟火晚会散场的人潮向前走去，跟任何一对在寒冷的冬夜里匆匆赶回家的男女没有什么不同。说到了什么，男人抬了腿作势踢女人的屁股，她就跳到他身前去捶他，毫不示弱。故意逗他"许个愿"的那个女人——我——对着某个时刻火树银花的夜空，默念着：

愿那些纯洁善良不合时宜的内心，都得到最妥善的安放。

我在我最好的时候，
爱过最值得我爱的人

　　吃火锅，郭大特意点了两盘我爱吃的虾滑，而我只顾着玩他的
新手机。回家的路上因为什么而起了争执，初夏的黄昏里满是剑拔
弩张的火药味。下班的、买菜的、聊天的、带着孩子的人穿梭而过，
我和他却静止在燃烧的情绪里。

　　他索性从口袋里掏出手机扔在我手里，自己则背对着我躺在小
区广场的长椅上，"你不是爱玩儿吗，拿去玩儿个够吧。"不一会儿
他居然真的睡着了，扯起了鼾声。

　　那天他睡了差不多一个小时。我没心没肺地把自己的手机也拿
出来，往他的新手机里用蓝牙发了些东西，又设置了我的来电头像

和铃声。翻他手机里的备忘，只有一篇诗词，第一句的前两字是我名字的谐音。我看看他，他正双手环抱在胸前睡得很沉，于是我打消了自作多情的念头。他的睡姿乍看上去十分强硬，又似乎笃定我不会因为赌气而把他一个人扔在这儿，所以毫不设防。新手机的电话簿只有我一人。收件箱：媳妇、媳妇、媳妇……发件箱：媳妇、媳妇、媳妇……已拨电话：媳妇、媳妇、媳妇……已接来电：媳妇、媳妇、媳妇……

天色一秒比一秒更暗，我不知道他在梦里是否依旧余怒未消，我猜想他内心在对抗的东西比任何人的所见所感都要多得多。后半个小时里我和着他的鼾声轻轻哼着歌，没去叫醒他。后来他醒了，起身牵起我的手就向前走，好像刚刚的对峙只是黄粱一梦。

昨晚赵小姐约我吃晚饭，结果她临时有急事加班，我在单位等了她仨小时。席间她说起最近发生的事，欲言又止。我想起一个故事，讲给她听。

2009 年初我恢复单身，相了一次亲。他请我吃牛排，追忆少年时不上进，大学托了父亲的关系才勉强有得读，因此本科和研究生的七八年时间里卧薪尝胆，立志要把虚度的年华迎头赶上。他说他曾经有每天长跑的习惯，一直坚持到研究生毕业前……一个晚上，他又去校园的操场上跑步，中途突然心有所感，停在路边痛哭失声。

"这七八年，我除了考过很多试，读过很多书，一片空白……要

是别人问我：'你这些年都做了什么？'我不知道，我不知道。我想
爱，想对我爱的人好，想有爱恨情仇，想回答问我的人：'我爱过，
我爱过她；我在我最好的时候，爱过最值得我爱的人。'"

我对赵小姐说，你过去老是陷在卑怯里，认为这世上不会有男
人真心对你，所以你对别人的好意也都敷衍；现在有了两情相悦的
他，即使要走一些弯路，总归算是一件好事——你我都不是强大和
孤清到可以放弃爱的权利的人，我们的本性都未必乐观，且有女人
特有的患得患失——说到底，谁不渴望有这样一个他，让我变得更
坚强、更聪慧、更乐观、更无所畏惧；我不再是孤单的一个，这个
混沌的世界原来也可以空气清新，充满希望。我不能给好的感情下
一个定义，但我趋向于认为，满足上面那些条件的，已经算是好的
感情。我愿意为之付出所谓的青春，不与任何琐碎锱铢必较。

我记得的，
始终是你的温柔

夏天，我与郭大去往吉林市度周末假期。

坐早上 6 : 50 的动车从长春市出发，7 : 35 左右到达吉林市。我
们先去江边，顺路看了天主教堂。吉林市小而悠闲，景点紧凑。天
主教堂比我想象的还要哥特，砖瓦缝隙里透出安谧和历史感。我穿
了拖鞋和背心，不能进去——就算穿着正装，大概我也不大敢踏进
如此具有仪式感的地界，何况我并非教徒。门口有几个人跟着唱起
圣歌来，一个老人家把歌谱凑到很近才看得见，唱得并不好听，可
十分虔诚。

在江南公园，我的本意是玩"海盗船"，但郭大死也不肯，说话

间已经各啃了一个雪糕，他才终于下定决心去玩"激流勇进"。郭大
如猛虎细嗅蔷薇一般掏出40块买了票，带我排在等候的队伍后面，
待要上船时，我突然有点儿迟疑，让他坐在船头。郭大瞬间石化，
小眼睛瞪得老大，"不行！玩'激流勇进'的前提就是你必须坐在前
边！要不我就不玩了！"好吧——上了船，我不一会儿就兴奋起来，
大喊大叫，在途经的鬼屋里学聊斋音效呜呜哇哇，郭大坐镇大后方，
还没忘了帮我把滑落的衣服提上来，嗔怪我"不正经"……之前试
着说服他时，我一再说这个真的特别好玩，他问哪里好玩，我说：
"船上升到最高处会'咯噔'一下，好像要脱轨直接折下去了，那一
瞬间你的心也会跟着'咯噔'一下，就像要死了一样。"郭大满脸惊
诧，好像不认识我一样，"那是图啥呢？！"

　　船一冲而下，那几秒钟的失重感真是过瘾极了，让人把一切都
遗忘。最后的浪花汹涌居然几乎没有在我身上体现出什么，我心里
正大呼不尽兴——而郭大始终在我身后嘀咕，近乎是咆哮了："这回
你高兴了吧！这回你舒服了吧！……"我回头一看，他满头都是水，
像被暴雨淋了一样。"你居然巧妙地躲开了！全都浇在我身上了！"
我更加乐不可支，掏出纸巾来让他擦水。再说去坐"海盗船"，他还
是死活不肯，说"你咋净整危险的事儿"，我也不再强求他。两人继
续朝前走，就有卖什么"鬼屋"门票的，吆喝得很诡异："你们俩进
去，想怎么玩儿就怎么玩儿，没人打扰，就你们俩。"我看看郭大，
郭大看看我，都说："这叫什么话！"

　　我们又到了北山。进山门前去厕所整理一下，水龙头出来的水

非常清凉，应该来自地下，我便动员郭大也去洗把脸。他去一趟回来，也觉得山泉令人神清气爽。两人就上山去。进山门的第一个假山瀑布上有乾隆手书所谓"天下第一福"的，郭大给我细细讲了这个"福"字的来龙去脉。加之后来康熙帝手书的《松花江放船歌》的解说等，我觉得这个旅伴真是称职极了，有了他，导游都可省去。山上的庙宇都不大，油漆砖瓦簇新得要命，令人提不起兴味来。郭大带我兜兜转转，在四大天王的神像前都想起郭德纲所谓"刘德华、张学友……"的典故。我觉北山的神像太过卡通，制作粗劣，且供奉得乱七八糟，但不敢造次，也就没有说出来，反倒是转出来的时候郭大说："神像……很卡通啊。不管什么神仙都放一块儿。"听了这话，我就释然得多。

算命摇卦的极其多，看起来都不甚高明的样子，至少卖相就一般。回来之后我很是查了一番连阔如的《江湖丛谈》，深深觉得跟书里写的比起来，北山上那些也太业余了些。倒好像是药王庙门口一位颇为仙风道骨的老头儿最大声地叫我们俩："小伙子很有气质，姑娘旺夫相，坐下来算一卦吧。"我们当然并没有停留。

下山的时候落雨了，且雨越下越大，我们渐渐加紧步伐。上山途中郭大嫌我走得太快，在身后叫我："走那么快干啥！照顾一下老同志！"我回头说："如果这次旅游回去别人问我最大的感受是什么，我会说——一定要找个年轻的男朋友。"郭大也笑起来，我放慢些脚步，走在他身边："恭喜你，找到一个我这么年轻的女朋友。"下山时雨更大了，郭大就要去包里找伞，我说打伞干吗，淋雨多痛快，

"看看，年轻同志照顾了老同志的体力，老同志就要照顾年轻同志的情绪，互相照顾嘛。"他果然就不找了。我们一直到在街边叫车的时候，才撑起伞来。

回酒店休整一下，雨停了，我们又出来。郭大带我去找吉林市著名的什么什么烤鸡骨架——当时已经是下午 3 点，只在凌晨 4 点钟吃过几块饼干且暴走了一上午的我早就饿得想杀人，郭大却连个麦记的甜筒也不让我吃。一路上默念着"郭××我整死你"找到烧烤店——服务员告知我们鸡骨架要晚上出大排档的时候才有，我赶紧跟在郭大的屁股后头离开。郭大自然也不太开心，两人商议着是不是去吉林市另一家老店——福源馆吃一碗麻辣烫什么的，晚上再出来吃烧烤大排档，或者到江边的啤酒广场畅饮一番。然而福源馆大概是店大欺客，毫不把我们两个省城人民放在眼里，点餐的地方不能坐，能坐下的地方不给点餐……郭大愤而离席，瞬间爆发出"死也不在你家吃饭"的男子气概，拽着我就出了门。

回来就有些怏怏，两人都饿得没了精神。绕回酒店又走了一会儿，迎头终于有一家海鲜自助。我像看见失散多年的亲爹娘一样两眼放出绿光来，郭大也非常心有灵犀地拽住我，直奔店门而去了。

海鲜自助 40 元一位，东西不算多，但还算实惠，便宜的白酒和当地产啤酒随便喝。我们俩一共喝了四瓶啤酒，他比我要多喝一些。喝了点儿酒后推心置腹起来，说到朋友也说到自己，说到过去也说到现在。旅途中的伴侣难免生出比平时多十倍百倍的依赖来，因为在这里他跟我成了唯一彼此熟识的人。在一起久了，相伴的感觉早已不再与心动有关，而是家人一样熨帖。时间很强大，共同的经历使人互相了解，而了解之后还没放手的人往往会表现出极大的包容度。即使在这次出游之前，我也还以为这种包容度体现在无限度的放弃自我上，然而在饭桌的另一端，我突然发现并不是这样——这种感受，是那句臭了大街的"因为懂得，所以慈悲"——与他的相处也就慢慢像自处一样，无论发生什么，都是流水般行进着了。

吃完饭又到江边去，草坪上有个大概是卖小猫小狗的人。说是大概，因为他共揽了有三四条小狗、六七只小猫，自家应该没有这样养宠物的；而说他是做买卖的，他居然就支一把伞，把猫狗都拢在伞下的草坪上放养，自己在一旁躺下睡了，全不管它们跑不跑，别人来不来偷。郭大坐在草坪边沿的石阶上，一只小黑猫径自过来，嗅了一会儿，爬上郭大的腿，呼呼睡着了。这一幕温馨得让人心里难受，像突然意识到自己爱上了一个一直讨厌的人，那么令人心碎又心醉。我掏出手机照相的时候，郭大试着把小猫叫起来："别睡啦，给你照相啦。"可它完全无视外界的任何打搅，睡得极其忘情。郭大也被打动，问我说："三儿，要不咱买一只回去吧？"

我蹲在那里照相时，看到郭大眼中的温柔，觉得自己受到了双重的打击，快要站立不住。最后依依不舍地起身，猫狗的主人睡得打起了呼噜，即使我们把他的家当都偷光了，他也不会知道。郭大拍拍裤子，冲那熟睡的人一拱手，说了声"谢谢啊"，好像那人是一直在注视着我们的。这温良的一瞬与刚才的双重打击叠在了一处，凝固在了我的记忆里。

两人走到大桥下江岸边的石子上坐下，微雨中的松花江两岸升起薄雾。大喇叭里放的是 20 世纪 90 年代的金曲大联唱：《今夜的寂寞让我如此美丽》《大哥你好吗》《我的眼里只有你》《涛声依旧》《野花》……我们跟着哼唱起来，随手抓起身边的小石子，奋力抛进江里。

蜷曲双腿，抱紧膝盖，望向宽阔的江的那一边。郭大说要给我叠一只纸船，虽然手边只有烟盒里的锡箔纸。地面太过潮湿，我转去他身后的水泥地上坐了，于是有了一个居高临下的视角，望着江水和折着纸船的郭大的背影。从这个时候开始，到我们走过去看"吉林八景"和"吉林新八景"的石雕板，郭大一路都在沉吟着纸船的折法。直到回了酒店，我昏昏沉沉地抱着枕头趴着休息，郭大先生折了一个葫芦，吹得鼓鼓的被我捧在手里，到他把折纸之后的废料扔了满地……全部都像做梦一样，或许是我太困倦的缘故。昨夜跟赵小姐聊起这件事，我说他终于想起怎么折的时候，我是很为他开心的，"像一场小小的比赛，他终于跑赢了微不足道的对手"。

无论是漫长的还是短暂的旅途中，这样的一幕似乎都未必值得铭记在心，只能算作插曲。我却觉得极其温存。江边，我问起下次出游的行程和时间，郭大没有给出真正意义上的答案，依旧是许个可能永远也不会实现的诺言，即使这个诺言显得那么"非你莫属"。我并没有怪他的意思，随口说："等真的实现的时候，不知道我都多大岁数了。"郭大没有看我，抬手把石子高高抛进江里，"多大岁数，你不也还是你吗。"

回酒店补充睡眠，被郭大的呼噜声震醒，一睁眼是晚上 20:30。

郭大睡觉要听电视的声音，还要开一盏灯；而我受不了杂音，且不喜光线。即使他把电视的声音开得极小，我还是睡不安稳。睁开眼回身，看见他正面对着我的方向睡得很沉。我就这样看了他一会儿，希望时光既不要向前也不要后退，停在陌生的城市，我们只有对方的此刻。

我本来颇踌躇是不是该叫醒他，因为他说过晚上要去看夜里的松花江，再不起来的话，恐怕就有点儿晚了。我的起床气很大，要是谁在这时候叫我，一定要看我的臭脸，推己及人，就有点儿不情愿。最后还是鼓起勇气用手指碰碰他的鼻子，"起来啦，去看灯啊？"

他居然极清醒似的很快就坐起来，"走吧。"

夜里的松花江风情旖旎。绕过了大桥，走到了黄昏时分我们遥望的彼岸，站在音乐喷泉下面。我喜欢有水的地方，无论江河湖海，有水的地方才显得灵动。音乐喷泉下我像很小的小孩，奋力地仰起头，感受水汽一阵阵洒下来，附着在我的每一寸心情上，好像那是滋润生命的某种甘霖。

走了一会儿实在太累，打的回酒店，结果弄错了方向，绕了路。提了两大听蓝带啤酒回去，几乎都是我喝的，昏昏沉沉就睡了。

第二天早上我赖床不起。郭大在无数次叫我起床未果之后，只好无奈地自己去吃早餐，临走前可怜兮兮地问我："要不要帮你关灯？"我大吼："要！"啪，灯灭了。他又问："那我回来的时候你能起床吗？"我抱着被子在床上气急败坏地大转体："我考虑一下！"

细想起来，我赖床的嘴脸真正可憎，他居然并没有生气，面对我的泼皮破落样儿，就那样笑笑走掉了。我有点儿过意不去，于是没过多久就起来洗漱，把前晚他折纸扔的满地纸屑都捡起来扔掉，叠被子，把行李里的东西一一归位……他走了很是有一阵儿，回来的时候给我带了两个肉包子。出游之前事先说好不许他在酒店房间里抽烟，他倒是十分遵守，一次次往返于楼上楼下去"散烟"——这也是他这两天做的一件让我颇为钦佩的事。

吃完了包子，我又耍起赖来，说自己"不能走了，脚指头都增生了"，这句话后来成了我的语录，总在耍赖时被提起。最后不得不走，郭大先到楼下等我，活泼得很，一扫"老同志"的风格，简直像涂了欧莱雅一样宛若新生。再走在江边，他揶揄我体力根本不行，说他自己刚才还走在江沿上，坐了好久。我问他坐在这儿多冷，干吗不回酒店。他说："你不是要睡觉吗，我怕我回去你又睡不好。"江风很迅猛地刮过来，我把一只手搭在他露出来的肩膀上，心想，这男人温柔起来还真是过分，让人想狠狠咬他一口。

接下来打的去了郭大计划行程中的吉林乌喇主题园区，一路都是他在解说，我乐得清闲。作为此次行程的最后一站，可谓高潮迭起——旱鸭子的郭大居然同意了我坐脚蹬船的要求，两人在30块钱半小时的威胁下奋力向前，渡过蜿蜒水道，无数次撞在石头上，又一度卡在低矮的桥墩中间……途中我把手机里的音乐放出声音来，给主任先生听麦当娜鼓舞士气，正在我们俩一筹莫展的时刻，赵小姐突然致电来，问我"夕阳红旅行团还愉快吗"……我说，我们俩真是太愉快了，我们俩现在卡在桥洞子里了！！！赵小姐在电话那头哈哈大笑，冲我嚷嚷起来："你听起来好开心！我都被你感染了！！"

船终于靠岸，我们俩不像是花钱游船，倒像是别人花钱雇我们蹬船一样卖力。郭大上岸后一再自问："这是图啥呢？"并像前一天一样说我"净整危险的事儿"。而我则要笑死了，一路欢歌。

园区里有雕塑一类，都是满族民俗，郭大一一与之合影。有一幕是杀猪的，我逗他："你去吧，就站在猪旁边，很般配。"郭大久经沙场，极其淡定："我现在不就是吗？"然后他就遭到了我惨绝人寰的殴打。

出了园区走了一会儿，郭大要找一个伪满什么什么的旧址，未果。在街边的便利店各买一瓶饮料，席地而坐喝了，他中了个"再来一瓶"，换了一瓶菠萝汁，淫笑三声，心情大好。

在吉林市的最后一顿饭吃的是延吉烧烤，基本上所有的串都被我们俩烤煳了。

返程，第一次用了自动售票机，感觉新鲜。排队的时候郭大站在我的身前半步，排在我们前头的一个女人对她的父母大声呵斥。郭大冲我苦笑一下，几步挪到我身后去，好像很厌恶那个女人似的。双手搭在我肩膀上，"三儿，就要结束愉快的旅程了。"

今儿早上一睁眼登录手机 QQ，看见郭大在，还发了个表情给我。我回了个表情，他说："火箭般地赚一笔钱，我们再出去耍耍。"

躺在床上笑了，衡量不出我有多么热爱跟你在一起的分分秒秒，以至于再美的景致都成了相框里微不足道的布景。我终于明白了一件事：无论身在何处，我记得的，始终是你的温柔。

怪咖 [1] 见多了，
偏偏这一个正合我意

　　出去吃饭，郭大很温良的样子，一再重申饭店任我选，菜也任我点。我点了一份酱焖鱼杂和捞汁什锦，他如坐针毡，嘴里啧啧作响。我问要不你点一个？他又做温良状，频频摇头，可眼睛都是绿的。我把菜单推过去，他分分钟点了一份蒸肉。您知道什么是蒸肉吗？就是蒸的肉，内容是一大堆肉和酱油，连葱姜蒜都没有。

　　点完了蒸肉，他眉开眼笑，紧接着又点了一份纯肉蒸饺。我都震惊了。

1　闽南语，意为行为方式与众不同的人。

饺子端上来，我看桌子上没有醋瓶子，就跟服务员说麻烦给我来碟醋。郭大大惊失色："你不是有米饭吗？还吃饺子啊？饺子是我点的啊！"

我短时间内第二次震惊。想起有一次我们俩恰好夹到同一块鱼，他闪电一般就把那块鱼刨烂了，谁都没吃上……

昨儿我气急了，高着八度把他一顿臭损，他愣是一个字没顶撞。今儿照样嘻嘻哈哈跟我说事，倒让我有点儿不落忍，说我昨天说你说重了吧。他嬉皮笑脸地说，没事没事我都忘了。我恼也不是笑也不是，拿他一点儿辙也没有。

怪咖见多了，偏偏这一个，怪得正合我意。

春夏秋冬该很好，
因你尚在场

春

下了班去吃面，已经是夜里了。郭大掏了几十块零钱给我，抱着圆子坐在店门口的台阶上，服务员几次掀开门帘，可他说让别的顾客看见带狗进店总归不好。我想去洗手，先出门把包扔在他怀里。他回头看我："只点了一碗面？没点菜？""点了个老虎菜。"他扭脸冲我笑："都是葱丝。"我也笑。

吃完走出来，他说想去吃烧烤。我买了饮料往回走，远远看见他坐在路边烧烤的烟幕后面，衣衫近乎是邋遢了，身前是很细的一弯月亮。他看着我走来，我也看着他，生生世世旧相识的安之若素。

跟他各坐一个马扎。"我给你点了个菜卷。"他说。"你能分清上弦月和下弦月吗？"他说能。找月亮，左转转，右转转，都没有。他抱怨天凉，把外套拢了拢。我围上他从四川带回来的围巾，乱七八糟的花哨热闹，质地柔软。

月亮被四周的高楼挡住了，但我记得它今晚的样子。

夏

小区附近的地皮被开发商瓜分，旧楼通通拆掉，动作神速。似乎一早去上班还见半栋楼，下班就只有瓦砾和烟尘。每每在附近走，郭大都要说一句："这些楼都是我爸盖的呢。"这话我听了许许多多次，不知该答什么，只说一声："嗯。"

他的父亲病故于十年前。关于父亲，他很少提及，我从不发问。

昨天去吃烧烤的路上又行至此处，大型机械轰鸣着轧过地面，沙尘翻滚。他再次向那堆瓦砾望去，又慢慢转过头来，没有说话。

那一刹那的沉默，是千言万语也不及的柔软。

秋

上星期跟郭大大吵一架，在心里爆了无数句粗口，恨不得把他的脑袋拧下来。这余毒好多天才减了些，湮没在每天的忙碌里。想着他念叨没有外套穿，就趁午休去商场买了。晚上他穿了兴冲冲地在镜子前照，我看着总觉着哪儿不对……原来是穿反了。一个劲儿叫他穿好，他并不行动，只管说着过几天暖和了正好穿去开会的话。

我们聊着七七八八的琐事，不再剑拔弩张。我说："结婚就是很麻烦，不过也只有把麻烦一件件做好了，才知道撑一个家不容易，才会珍惜……就像我对你……"他抬头看我，我犹豫一下，还是说下去，"有很多时候我想放弃了，但想想在一起经历了这么多事儿，就舍不得了。"

说到"放弃"时，他的两只眼睛瞪得老大。我顿了顿，问他："咱们俩吵得很凶的时候，你有没有后悔过跟我结婚的决定？"

他摇头，嘴角抻得平平地笑："没有，从来没有。"

冬

郭大 40 岁生日，很多朋友打电话来表示要庆贺一下，他都推掉了："我得跟我家三儿一起过。"接他下班，我一边在交通高峰期的路上闪转腾挪，一边听着他吐槽，实在有点儿烦躁。他说了半天，只有这一句入心。

"你哥们儿肯定问：三儿还跟你过哪？这不科学。"
"你咋知道呢？！他们就这么说的。"
我们都傻笑起来。如果有弹簧能把副驾驶弹出去，我一定毫不犹豫地按下按钮。

没有比我们更无趣的人了吧，生日宴吃涮肚，话题是工作。

人与人之间其实都有戒备，夫妻、父母、父子，都一样。我感受到郭大生怕此刻我口出抱怨，便换个角度，把话掰开了，平等地，四平八稳地，不苛责地，只是把我观察到的他讲给他听，说一些事实。他果然安静下来，盯着我的眼睛，是和缓的悦纳和温存。这样的时刻，我们的心近到没有罅隙。

我对他说：其实一个人只有自己真的开心，才能让身边人开心。我能感觉到，你常常为了怕我和你妈妈担心你，就做出轻松的样子，但其实这些我们都是有感觉的。我转述前几天婆婆跟我说的话："他最近心情不好，压力大，事情很多，操心……"其实我们最想的，只是你过得舒心。

郭大开始跟我细说工作上的事情，一桩桩一件件，他的想法，他的为难，他的愤怒，他的委屈……有的他自己拆解了，不再为之伤神，有的还做不到。

他说起单位给他们每个人发了冬天的制服，是一件棉大衣。他的内勤小姑娘是临时工，没有这个待遇。小姑娘很羡慕，也想要一件。"我就够能加班的了，小孩儿比我还能干，我走她都不走，就在那儿做表格、写材料……挺不容易的。我觉着应该帮她争取一下。"

我说："要是领导不开这个先例，你就把你的送给她，或者咱给她买一件一模一样的。"他说他本来也是这么想的，可是又怕单位的人说三道四，传来传去就走样了。"我倒没啥，就怕对人家小姑娘不好。"他眉毛拧一拧，下定了决心似的，"我好好想想，一定给小孩儿整一件来。"

郭大就是这样一个人。说多好呢，好像缺乏佐证；说不好呢，又有些赤子之心。

我送他的礼物是一套星期内裤，送婆婆一套加厚的保暖内衣。"咱俩也没必要互送什么工艺品了吧。"他又想起我去年送的星期袜子，说那真是他穿过的最舒服的袜子。

我跟郭大在一起，过了第四个生日。命运像个狂奔游戏，时不时突然冒出一道关卡、一群老鹰、一个火圈，或者通道骤然窄了，本来平顺的际遇变得局促窘迫。我们两个倔强的人，就这样左冲右突，一路走过来，用郭大的话说："咱俩相依为命。"

这是我们被窄门挤过的爱，每次小心翼翼地结伴突围，看对方又是不同眼光。

出门来，我给了郭大一个 big big kiss，他像煞有介事地摸摸脸，"麻辣涮肚味儿的。"

愿我如星君如月

郭大十一期间有工作任务，随时待命，不能出城，我们就在本市找地儿逛。晚上喝了在伪皇宫买的白酒，在瑟瑟的夜风里暖暖地走。回家把买的点心和巧克力放进冰箱——拉开门，冷藏室里灯光亮起。我突然有点儿被触动，像要哭出来。

郭大一个朋友的妻子先天脑血管畸形，她告诉他，我们别在一块儿了，我不一定哪天就没了。他说，那咱们结婚吧，过一天就享受一天。

那个很冷的冬天，他的妻子在 ICU，已经没有医治的价值。医生劝他拔管子，他舍不得，还是坚持了几天。一天夜里，郭大打电话给我："三儿，要是我有那天，你就做主把管子拔了吧。"我赶紧把话题引到别处，但眼泪已经哗啦啦掉下来。

那年圣诞我们一起去看午夜场的《非诚勿扰2》。李香山对芒果说："果果，我想了……我们在一起那几年，叫幸福。"

我想起郭大的朋友，目送妻子离去的时刻，心里会不会涌起这样的话。

今天晚饭说起他的几个朋友，都是在小圈子里找对象结婚，偏偏我们俩本是八竿子打不着的人。"谁知道为啥咱俩就认识了。"他说。"你还后悔啦？"他笑，我也笑。

前几天，一个朋友问我喜欢一个人是否需要理由。我说，我也不知道。他让我举出几条喜欢郭大的理由。我略想了想，大概说了五六条，说完又解释说这些其实都不是真正的原因。"那是什么原因？"我无言以对。

在这个普通得不能再普通的瞬间，我拉开冰箱门，发现塞得满满的冷藏室里再没有空间，傻站了一秒钟，把东西都重新摆放——我突然想到了答案：我爱你，是因为你这样的一个人，居然真的存在，而我们居然又以男人和女人的身份，在你未娶我未嫁的时候，相识了。

如果你不存在，如果你我不相识，如果我们有家室或心有所属，如果有一个时刻我们都不想再继续……可是这些如果都一一破灭。你从那么浑不吝的一个你，变成这样温良的一个你了；我从那么悲观的一个我，变成这样温温热热的一个我了。

这也是为什么，我从不因为我是女人，就故作骄矜，一定要印证你怎样怎样待我好，才肯咬着牙给一点儿回报。我对你的爱，与你在一起的意愿，也从不羞于让任何人知道。就像今天，你远远笑着向我走过来的时候，你在商店里四处找我的时候，你冲着我父母嘿嘿傻笑的时候，你把买的酒藏起来逗我说丢了的时候，你在出租车里还牵着我的手的时候……我觉得人生对我没有任何亏欠，一切都太好，我甚至怀疑你这个人是不是我的臆想。所以我要死死抓着你的胳膊，靠在你的肩膀上，闻着你衣服上的味道，来确证实实在在的快乐。

曾经很艰难的时刻，我问过你是否觉得认识我有些失策，你答："没你失策。"我答："如果这算失策，那我愿意再失策一万次，生生世世失策下去。"

这段对话发生在好几年前，但你最好记住它，因为它永远有效。

每当变幻时，
便知时光去

故人的意义，在于让你记忆自己。不再有感情，也没有放不下，单单是该记得自己的来路，因此无须再见到具体的形态

我依然
看到那些少年

　　那天跟赵小姐回首往事，我说高中那些老师没一个喜欢咱们班的，都喜欢另外一个文科班——这是为什么呢？赵小姐说咱们班学生确实挺讨厌的：学校指定派发给每个班的饮用水不干净又有异味，别的班都忍了，只有我们班涌现出一帮人，搬了两桶水直接杀到校长室，让校长自己"尝尝"。班主任气得七窍生烟，为此开了好几次班会见天儿数落我们。

　　我回想了一下，我从来没在一个班风淳朴的集体里成长过。虽然屡屡在"快班"里苟延残喘，但我所在的小团体在读书之外似乎永远有无穷的精力和热情。众所周知，"快班"的人员构成绝不是一成不变的，每次考试都是淘汰赛，可这些家伙居然每次都能过关斩将。所以

即使经常因为捣蛋而被班主任抓了现行，也奈何不了我们。快慢班的
分类简直是灭绝人性，好在到哪里都不愁找不到臭味相投的一群。

这是在升学考试前、大家即将各奔东西的深夜里，组着队列把
张学友的《祝福》从教室一直唱到寝室的一群；是会因为我丢了自
行车钥匙而一直想办法帮我开锁还护送我回家的一群；是下课铃一
响就飞速冲下楼踢球一秒钟也不能耽误的一群……有一种情怀，与
快慢班无关，在恰当的年纪，我们拥抱并拥有它。

工作之后，一个发行前辈说一直想带个女徒弟，但现在的女孩
总是差点儿什么。"卖书嘛，你要能跟人家侃文化；喝酒嘛，你得上
桌就能把对方喝倒；关键时刻对方要是耍流氓不按牌理出牌，你站
起来就得骂他：'我 × 你妈！'必须得是这样的丫头。"

江湖气。突然想到这个词。类似一种行事为人的内在节奏和
逻辑。

后来我也做了班主任，虽然时间很短，却真切体会到保有学生
的创造力是多么难。学生自得的作品，往往是老师的棘手官司。但
我还是愿意多付出一点儿来保护他们的自由和理想——为此努力的
时候，我总想起那些与我一路走来的游侠一般的少年。

23 岁的自己

　　拿着玻璃杯走出办公室，准备泡一杯咖啡。突然感觉自己踩着高跟鞋故作镇定的步态，像极了 2007 年春天厦大嘉庚广场上的某个轮滑小女孩——那是个还没到青春期的小女孩，大概刚上小学，或者马上要到学龄。夜色里分辨不出她衣服的颜色，模模糊糊是粉红一类的女孩颜色，父母帮她把轮滑的防护做得很充分。小女孩像我小时候的样子，胖乎乎，气哼哼，永远一副若有所思的神态。她略显生涩地滑过来、滑过去，眉头皱着，神色倔强而骄傲，挺着尚未发育的胸，还有鼓鼓的肚子。

　　我跟大牙坐在厦大嘉庚楼前的台阶上，跟许许多多和睦的家庭一起，像散落在茶桌上的几个杯子。我盯一会儿自己脚趾上的红指甲，又抬眼看看玩轮滑的孩子们。嘉庚广场的灯光很暖和，衬出厦门不同于北方的春意。那个晚上没什么风，脚下的石板那么洁净，这一切构成了我对厦门的最后一次细微体察。大牙在厦门玩了几天回到了中科大，之后就去了美国，从此几年才能回来一次。

在那个晚上，大牙第一次把他的成长历程对我和盘托出，他不看我，就说自己的。说完了，他哭了，我也哭了，他才把头转向我："马上就出国了，我想这些话也没法对别人说，只能跟你说。"那一刻我蜷成一团，没有一点儿缝隙思考别的事，心照不宣的情谊像白衣少年策马而过。倾诉这件事，开始就是结束，我不知该说些什么，只是希望他好。

然后我们从悲恸的情绪里走出来——好在我们俩都很善于逗闷子。大牙说以后在美国结婚，要多生几个孩子，他出去赚钱，老婆在家，总之很美国中产阶级的家庭模式。我说这不难实现，并奉上了良好的祝愿。这时候我们同时看见了那个轮滑小女孩，又同时为她的姿态忍俊不禁。大牙说了一句让我一直忘不了的话，他说：

"以后生个闺女，一定要教育她像你这样，多好！"

"我哪儿好啊，一点儿也不好。"

"你性格多好啊！你性格真是特别好。"

大牙这句话，跟在这一两年后又一个很多年的铁哥们儿说的"你跟一般女的不大一样，特别真性情"，都让我感觉到一种虚脱感，是一支烟抽完了，你还不知道，一大截烟灰掉落在地，手指间一下子就轻了。不过在那个晚上，这话题很快过去，并未因为我在内心里把它圈了出来而停留太久。大牙开启了对未来的憧憬状态，一发而不可收，说以后结婚了一定让闺女学钢琴。我问钢琴有什么好，他陈述了很多理由，因为所以可是但是然而不过而且还有……一副GRE深度中毒的嘴脸。我嗤之以鼻。认识十多年，大牙不曾在口舌之争中赢过我，很识相地放弃了，问我要是有孩子让他学什么。我眉毛一扬："一个孩子就说相声，两个孩子就唱二人转。"

大牙一听就疯了，因为我亵渎了他对生活的憧憬。我们俩顺理成章地为此互相诋毁辱骂并搏斗了一阵儿，像这十年中的任何一个类似时刻。

最后我一锤定音："反正我跟你说，以后你带你老婆孩子到我家，我家可没钢琴给你娃弹，除非你让娃自己背钢琴过来，那得先练个千斤顶、铁布衫什么的。我孩子就没这顾虑——'孩儿，来一段《报菜名》！'到时候够你两口子干瞪眼的。"

2007年，我因为忙于毕业前落户口、调档案、写论文、找工作的一堆烂事而比现在要瘦一些，身体健康，尚且没有现在若隐若现的法令纹。我梳两条辫子，穿一件果绿色的T恤，一条灰秃秃的棉布裙子，光着涂着红色甲油的双脚，举着一双凉拖鞋，在波光粼粼的母校芙蓉湖畔手脚并用地发表了这段演说。

无论什么时候想起来，我都热爱那个23岁的自己的怪模怪样，没心没肺。

卡纪麻[1]，
不要走

刚刚收到"老婆"安全抵达上海的短信。

我难得宅女出更，终日晃荡在落地即化的雪里。只能是因为你的到来，任何看似反常的举动才能在巨大的欢乐之下一一实现。

本来你没打算来的。2月末，我不负责任地说了一句"来给我过生日吧"，你居然真的决定来找我。从福州到长春，连我的父母都觉得实在是亏待了你——在这样的季节抵达，几乎没有任何景点可以游览，而我忙于工作，无暇照顾你。可是自始至终，我居然没有任

---

[1] 韩语中"不要走"的汉语读音。

何的受宠若惊,也并不怕你会怪罪。或许我从来就不缺乏这种多少有些无耻的自信——你一定会把上班第一年的假期用来找我,正如如果我有同样的机会,我也会义无反顾地去找你,没有其他任何选项能与此相比,能让我有丝毫的动摇和犹豫。

你来了,自己订好机票、打点行装,连在上海的转机事宜也安排好,然后一一讲给我听。我却一直埋头在似乎永远也做不完的工作中,直到有一天我问起你的日程,你仔细地在短信里写给我,我才意识到自己并没有真正关心过这些重要的细节,甚至从一开始就决定不费神去机场接你。我凭什么这么心安理得呢。

去机场大巴的停靠站点接你,居然也去晚了,让你站在街边等了好一会儿。发短信问"你冷吗",你只回答"还好"。我为了这个回答着了急,催促司机再开快点儿。车掉头过去,你穿着我去年在杭州送你的破外套,静静地望着我,乖乖地上了车,依然没有任何埋怨。我们就这么开始对话,随便说着什么。我知道,你的到来,宣告着我的黄金时代的回归,即使只有那么短、那么短。然而,凯歌奏响了,离歌也奏响了,它们中间,只有那几乎可以忽略不计的时间差。

事实上,在长春的几天,真的乏善可陈。在我写稿、收邮件、接电话的时候,你就捧着本书趴在床头;我们一整天窝在家里,有一搭没一搭地聊天,吃东西,看视频,做家务,熬夜。你是来陪我过了一段惯常生活,而不是任何传统意义上的旅游。在这段本该属于你的假期里,你唯独忘了自己吧。

跟之前共同生活的那些年一样，我还是拿你取笑，呵斥你，催促你，有机会的时候就带你四处闲逛，吃一切我认为你会爱吃的东西。感谢你难得一见的好胃口，感谢你脆弱的小身板儿没翻脸，感谢长春在这几天里把阴雨雪晴风给表演了个遍，感谢一切都那么如意。

我们还是十八九岁那时候的样子，没什么钱，却尽量享受生活；过生日的时候第一想到的和最不会出错的礼物还是书；说笑惯了，却羞于表达真正的情感，一旦说出来，言辞必定非常笨重——就好像我现在写的这个玩意儿。

生日的前一天收到你寄给我的信，是我提议的"写给五年后的自己"。当时你等在大厦的一楼大厅，而我在办公室里把信读了一遍，又读了一遍，之后甚至不知道该如何下楼去面对你。在这一封写给自己的信里，你把百分之七十的篇幅都给了我。你规劝我不要太辛苦、不要太易感的那些话语，平时也是不会说出口的吧，而我多么受用。电梯到了一楼，我看见你独自坐在沙发上把玩着相机，又好像在重温大学时代的每个平常约见，拉着你就走出去了。

正如你说的，我们这样的相处，丝毫也不像久未见面，而是好像每天都在一起。

一起看肥皂剧的时候，我学着韩语的"不要走"，被你笑话说发

音好像"沙琪玛"。你说这句话在韩剧里非常常见，应该这样读：卡
纪麻。

那天傍晚送你走，我站在大巴下面望着你，不理会你催我回去
的拙劣手势和故意做出来的愠怒表情。逗你，用手臂拼成心形，你
刚笑，我又做吓人的鬼脸，把你气得口眼歪斜。

我时常想，大学的时候，你为什么会亲近我、信任我。寝室的
卧谈，你总认真听我说无谓的话，我说得自己都几乎睡着，你却每
次都坚持听完。我们一起去自习室装模作样，消耗光阴，也一起去
胡吃海塞让脸和身材一号号地变大。那么多个黄昏，沿着海，沿着
几乎没有景观的山坡，一圈圈地闲逛，漫无目的，买几个水果就回
寝室。我的所有缺点，你似乎照单全收，没有一句微词。而现在，
你居然从福州跑过来，在这个严寒中的城市耗光了一个难能可贵的
年假，花光了仅有的那点儿积蓄，就为了给我这个乏善可陈的家伙
过一个生日。

大巴开走的时候，我收到你的短信："该追车了，嘿。"而我发
了这样的一条短信给你："卡纪麻。"

从没跟人分享过，我得到的关于"离开"的最初启蒙来自于《戏
说乾隆》。第二部的尾声又上演了百官跪拜、乾隆身份大白的一幕，
与皇家有血海深仇的沈芳强忍眼泪策马而去。曹大人对乾隆说："如
果我是你，我就去追她。"乾隆说："我想的是，如果我是她，我会

不会回来。"

去年从杭州回来，你写了文："只是何时能与你再牵手走在街头，即使这个城市只有我们两个村姑。"大概是这样的一句话，在这一年多不见你的日子里，隐约总在我的脑中回荡。

K 歌的那一天，听哥哥唱《千千阙歌》，你红了眼睛，而我早藏在灯光不及的角落里哭了出来。

如果我是男人，
你会不会嫁给我？

午夜 12 点出了咖啡馆，赵小姐和 Tim 送我回宾馆。出租车上了桥，夜风很有些冷。我跟赵小姐同坐在后座上，伸手去拢她的长发——我不确定我跟她已经有多久没有这样心平气和地在一块儿了。

高中时候的赵小姐，每每被班上的人欺负，我都要站出来为她说话，而她却在旁边急得跳脚，为欺负她的人说话，拼命劝阻我。我总在这时候怒其不争地瞪着她，她却急得快哭出来——她不想让别人因为自己有任何不快，连一句合理的拒绝都说不出。我认识了10 年的赵小姐，是这样的一个女孩。

红扑扑的脸蛋，浅浅的酒窝，齐耳短发，夏天穿一件果绿色的 T

恤，冬天穿暗红色的高领毛衣。常在桌上放一卷卫生纸，全班谁用
都到她这儿来拿；偷偷把别人给她买的冰激凌塞给我吃；一丝不苟
地把酸辣粉料包里的每个豆子都吃掉，然后拍拍肚皮心满意足地笑；
在我揶揄她的时候啪啪地打我，一边大笑一边骂："你真讨厌！"

赵小姐的文章写得很安静，我谈恋爱的时候，她用粉红色的信
纸写给我满纸祝福的话。后来我分手，她比我哭得还伤心。她感觉
哪个男生对我有意，又没达到她的标准，就会刻意破坏，在我跟那
个男生说话不超过三句的时候蹿出来，拉着我说："这道题我不会，
你给我讲！"

18 岁，我每天回身去逗她，说："赵小姐，嫁给我吧！"
她总是斩钉截铁地说："不！"
"你不爱我？"
"当然爱！"
"那为什么？"
每当这时候，赵小姐便正襟危坐，像煞有介事："因为我们都是
女的！"

虽说把责任推到另一个人身上是不客观的，但确实是在 Tim 出
现之后，赵小姐开始对现状充满抱怨，喜欢评判他人的对错，她的
生活不再其乐融融。过去 25 年没有说出的怨怼，从此每天都出现在
她的嘴边。赵小姐的变化让我体会到人生的荒诞不经，甚至跟她聊
天都已经不再是愉快的体验。有时候她会批评我越来越沉默，她不

知道，那是因为我已经不得不字斟句酌。

去年冬天的晚上，赵小姐从哈尔滨打来电话，声音中带着哭腔。几个小时后，我风尘仆仆地出现在她面前。第二天一早，我陪她去银行取钱，赵小姐的双手冻得皱巴巴的，像失水的苹果。同一天，我又自己坐上返程的火车，赵小姐忘了自己 24 小时前的决绝，没有同我一起回来。

在我们相识 10 年以后，飞驰在北京夜色中的出租车里，我拢着赵小姐的头发，让她靠着我的肩膀，我的下巴轻轻垫在她头顶。夜风吹过来，赵小姐的头发香香的，一丝丝扑到我脸上。

我问她："赵小姐，如果我是男人，你会不会嫁给我？"
"即使你不是男人，你也是我最可依靠和信任的人。"
"那你到底会不会嫁给我？"
赵小姐没有像 18 岁那年一样正坐起来，她的声音慵懒而坚决："如果你是男人，我会跟你生活在一起。但我真的真的不想结婚。"

我回想起在哈尔滨的那一晚，我跟赵小姐对坐在大床上，各抱着一个枕头，她的手臂和背上有大块的瘀青。这一晚，她没有说爱，句句都是清醒的，要离开，要结束，要重新开始。说到父母的时候，眼圈红起来，还勉强对我笑。我多想自己是一个男人，狠狠回击所有伤害她的人。

执迷不悟的赵小姐，做过那么多荒唐的事，说过那么多荒唐的话——可她现在靠在我的肩膀上，说希望我也能常住北京，时时刻刻在她身边，她买菜，我烧饭，她洗碗，我洗衣服。她声音细微，像说着梦话。

在这之前的一年，一个又一个"爆炸性消息"传来的时候，我多希望这些消息与她无关——她本来应该快乐下去，拥有正常的生活、稳定的工作、忠诚的丈夫、可爱的孩子。她不该在陌生的城市间来回奔波，维系一段终将陌路且没有尊严的感情；她不该把伤心埋在心里，时时处处做出倔强的姿态，像刺猬一样伤害旁人也苛刻了自己。虽然我尊重我的每一个朋友，希望他们按照自己的意愿去生活——可是，这是赵小姐啊，从前在粉红色的信纸上写满对爱情美好憧憬的赵小姐，看电视剧大结局会哭湿一包纸巾的赵小姐，曾经那么注重生活的秩序和安稳的赵小姐。

在出租车上聊到同性的恋情，赵小姐坐直起来，眼神坚定地对我说："我知道你一定是喜欢男人的，我也是……不过，我跟你的感情是不一样的。××，我爱你。"

为个由头死，
为个由头生

今早起床去洗澡，回来的路上突然感觉到短发的好，那么快就干了。而过去 10 年的长发记忆，总是晚上洗澡之后，生生坐在椅子上等着它干透，就为这单一目的熬着夜，不敢睡。

大学是分享浴室的年代。同寝室的都不大热衷于洗澡，把这件事想得稀松平常，拿来交流的时候，都痛陈小时候对家长强迫洗澡的敢怒不敢言。我总能记得大学第一瓶沐浴液的味道，大三又买过一次，可因为每次用的时候总在空旷而有回响的浴室里想起一些人和事，就此决定还是不要买了。

在日本的电影和图片里，关于洗澡的信息，总有一个大大的

"湯"字——这一个字，倒比我所知道的任何关于洗澡的描述都见韵
致。水汽氤氲地从池子里升起来，影影绰绰的人体，女人们轻轻的
笑语……于是记起小时候本来多么喜欢跟随着年轻美丽的母亲，泡
在看似一望无际的大池子里，玩着漂浮在水上的小黄鸭子，把拔了
针头的注射器里的水高高地喷到天上，溅落一脸，于是咯咯地傻笑
起来……对于孩子，洗澡的意义从来不限于清洁身体，而是一次与
平常生活完全不同的历险。等到这种"湯"浴因种种原因淡出了我
的生活，我与洗澡的蜜月期也就结束了。

后来迷恋浴缸。懒懒地泡在浴缸里，想着些有的没的，水无处
不在，我也无处不在。去年社里把一干人等拉去泡了温泉，我竟眷
恋到不想离开，只想一个人静静地泡在热水里。这是否出自对母体
的迷恋，不清楚。只是在很多时候，我并不像看起来那么爱热闹吧。

从大学开始，我喜欢让每一天以洗澡始，以洗澡终。晚饭后洗
了澡，换上睡衣，找一本书来读，或者把两边窗子打开，上网，听
听安静的歌，让风吹过身体，等天渐渐地暗下来。如果这时候有人
找我，或者电话响起，我就会懊恼；如果没有，这就又是完美的
一天。

冬天，我一路从浴池走回家。在不久之前，头发本来过了肩头，
会在同样的一路上被牢牢地冰冻住，像打了强力的定型胶，似乎只
有再清洗一次才能打破胶着。在过去 10 年的冬天里，我总是默默盼
望着头发长一些，再长一些。我羡慕那些有着一头长发的女孩子，

仿佛这样就可以把长发垂在古堡顶端唯一的窗口，让守候在地面的心上人顺着粗粗的发辫攀爬上来。

现在我是短发了，或许在未来的 10 年，也一直是短发，我不再相信心上人的传奇，他或许已经走了，或者没来过，或者不会来，或者来了，又错过了。多少人问我为什么剪去长发，我说不出所以然来，或许短发的意义只在于放弃了长发的信仰，对自己，也对他人。我用长发等来了一个又一个心上人，又亲手送走了他们。或许团聚并不是我想要的，我还不知道我究竟想要什么。

掏出钥匙开门的时候突然想到，若是 10 年之后，我还是这么回来，半干的短发，空空的房子，我是会觉得稀松平常，还是寂寞难耐。岁月如流，禁不住思考——下次再有这念头，或许就已经是十年之后。我会嗔怪 25 岁的自己不够决断，不够积极，或者没有给自己选择一个应该的人和一条应该的路吗？

尾生抱柱，为的不是别人，恰恰是自己。为个由头死，为个由头生。即使再有 10 年，我应该还是如此，能够珍存的，除了那几个不离不弃的朋友，就是些自得其乐的怪癖吧。

如果
这也算是爱

这天散席后又有人送我回家，无可无不可。一路上，对方有大概可以算作表白的表白，有试图牵手的动作，有搭肩的企图。我也没含糊——话头堵回去，手抽走，身体也闪到一边。双方都算有礼有节，场面没有很尴尬。

这样的夜晚，这样的表白，多像对方的一个突发奇想——我对你说了，同时我也对许多人说了，这么几个候选者之间，有一个答应我就好。在他的话语里，我甚至嗅得到侥幸的气味。如果这也算一个选择，我宁可从此放弃选择的权利，于是也免得要承担被选择的诸多义务。

　　回家这一年多来，经历了种种不同的表白，急迫的有，漫不经心的有，实心实意的也有。急迫的斯文扫地，漫不经心的让人昏昏欲睡，实心实意的又惊得我冷汗直流。我不知道是年代还是年纪在作怪，"爱"这个字变得极难出口，极难得到，极沉重又极轻飘。每个人都可以追忆起的那个爱人，多半来自许多年前，带走了你生而为人的热忱和慈悲。在他或她之后，你我都不会再做出让自己重新认识自己的傻事来，从此学会拒绝，学会刻薄，学会举重若轻，学会现实的取舍拣择。所剩无几的青春再无法殊途同归——要么求一个安稳的人在身边相守，要么只守住固执的自由和自由的固执。

　　我不想给爱那么博大的意义，一定要生死相守轰轰烈烈感天动地，否则就羞于出口似的。我的爱实诚而坦率，往往显得笨拙而炽烈——这种仿佛可以初恋50次的热情，在旁人看来或许的确匪夷所思。往事不可追，我相信至少在某一时刻，哪怕是某一个瞬间，他的心为我而柔软过。我希望这样的瞬间在岁月的浸泡中缓慢地显影，多年以后再想起我，模糊的面孔后是踏实的快乐。

假如
门也有目光

早起上班，锁门的时候看见昨晚撕下来的电费催缴单有半截还留在门上。有些歉意地撕干净，纸屑攥在手里。下了两级台阶突然忍不住回望——假如门也有目光，她会怎样？

她会不会在意我，一个许多年很少回家的姑娘，突然回来了，便开始漫长的晚归加班，掏钥匙开门的时候常常困得头砸在门板上。偶尔喝醉，总有或年轻或成熟的男人很君子地送她回来，在门口神态自若地告别。门啪地关上，她方才长叹一声，整个人东倒西歪地软下来。

更常见的是在门口整理衣装、头发，演练笑容，尽量精神饱满地面对父母……不定期拎回大袋子的书稿，接着许多天宅在家里没日没夜地写啊改啊，蓬头垢面，日月无光，咖啡、浓茶一杯杯地灌进去。

在一次寻常的回家后，有个人的电话能让她格外开心，她为他设定的铃声悠扬悦耳。她又欢喜又忧愁，醉酒后时哭时笑，好在终于不用惺惺作态地硬撑着。他每次送她回家也不再像其他男人那么礼节疏离。他会边下楼边回头说：我走啦。她嘴里胡乱应着，三分不在意的笑挂在脸上，倚着家门望他——直到楼门重重地关上，车轮碾过路面的声响在夜里远远传来，她还是站在那儿，一只手搭在门把手上。

假如门也有目光，我是害怕她洞穿了我的面具，还是唯恐她读不懂我的寓意？我希望她无视我，还是怜惜我？我想，她最好什么都不要说，还是盼着某一次寻常的转身离去，她会用她的方式告诉我，她都明白。

假如门也有目光。

只愿
你的追忆有个我

　　跟父母走在河边的时候，大朵大朵的烟花在四近绽开。我最怕爆竹，因此行色匆匆。妈指着正前方某栋大厦身后升起的烟花说："看！"

　　我本无意去看，怕得像蜘蛛爬上了衣领。然而终究抬起了头。夜里风冷，即使路面已经化得没有一点儿残存雪迹。我跟父母走出来，提着水果、书和一些杂物，到新房去住。在过去的一年里，不记得自己多少次拒绝了和父母同去新房的邀请，常常一个人整夜窝在旧房子里看电影、看书、做家务、睡大觉。起初莫名地惧怕黑暗，谨慎地拉紧所有窗帘。床灯竟夜开在最暗的光度，睡到一半去厕所，总下意识地推一下大门，看有没有松动……后来越发适应，就难免有孤僻的嫌疑。

过年使人们格外相信预兆。走在路上，两旁高耸的路灯打下暖光来。我抬头望着远处的焰火，收纳此起彼伏的爆竹声。24 岁的本命年春节，我先在杭州月老祠求到了"两情若是久长时，又岂在朝朝暮暮"的上上签，后又在航班抽奖中了 100 块。而同是在这一年里，我丢了钱包丢手机，感情也没有着落……自此，我不再那么相信预兆。

当然，命运必定有其内在的规律，有时候它会怕你胡思乱想，或过分乐观虚妄，于是试探着给你一点儿暗示。可这种暗示未必是你想当然的那样。或许它想告诉你福气用尽了，你却相信一切都会好；相反，它考验你的耐心，你却以为天意不可违，不如就此打住。我不是那个聪慧的，于是只好选择不去猜。

不再那么相信预兆，这念头好在你能更听从自己的内心。我相信自己总会成一些事，也总不会事事都成，大家都一样。这丝毫不能让我沮丧。

生命如大河奔流，总要做一些事，让自己充实自信；总要读一些书，得以从世事中暂时脱逃；总要爱一些人，即使不再有少年夫妻的耳鬓厮磨；总要放下一些人，即使记忆的印痕不可语人……遗憾留到暮年说，现在的我心无怨念。

新年很好。安逸很好。加班很好。爱情很好。一个人的夜晚很好。在厦门的我很好，在安徽的我也很好。家很好。没有"非如此不可"，请容我们轻松思考。

我抬头望向远处的烟火，步伐笃定，满腔骄傲。

既不谢恩，
也不抱歉

新年第一天，跟车队三上大顶山。第一次是正午过后，第二次是日落时分，第三次已经是夜里。虽然山上无遮无挡，风冷硬得让人抖个不停，可下午阳光太好，众人都喜滋滋的，个个可爱可亲，我也乐得随口哼起歌儿来："那时我们都很年轻，未来不知在何方，现在当我想起你，总会想起那天的阳光。"

十年前的第一个大学假期，全寝室都早早打包好了行李，我和衣在空床板上一歪就是一夜。早上睁眼，见火鸟李同学站在地上看着我的睡脸，穿得像只小熊："快起床了啦！今天要回家了啦！"她蹦跳着，转着圈儿。不到 20 岁初离家的我们毫不掩饰归家的热望。记得清清楚楚的，我坐夜里的航班，飞机在上空盘旋，从窗口向下望，第一次知道城市的夜晚这么亮，而我的家正在这片人间烟火中间。

晚云都变露，新月初学扇，塞鸿一字来如线……时隔十年，再次身在高处看这座城市，它用一线细密的灯光印证自己的存在。灯光一明一暗，时时流动似的。我坐在车里看灯光滚滚向前，感觉到时光飞逝的速度和锋利，也似在一线间。

一年又一年，平常的日子还是一个样过。清高常常，放低有时。博命常常，自怜有时。热爱常常，踩空有时。错过常常，相见有时。曾经有过的信仰，如今于我，是生了孙悟空的那块石头，你中有我，我中有你，互不诋毁，也不想念。不久前，有人对我自称他是关汉卿一样的铜豌豆，振振有词。我没有当面反驳他。关汉卿所谓的铜豌豆，不是强项强梁摆 pose，而是吾之所以为吾，既不谢恩，也不抱歉。

依然是爱默生那句话："将要直面的，与已成过往的，较之深埋于我们内心的，皆为微末。"

惆怅旧欢如梦

　　这几天收尾案头最后一本龙应台的书，内文里有歌仔戏的字样。歌仔戏啊……我咂摸着，如许熟悉又遥远。在厦门的日子，跟周吃了顿麻辣烫，在城隍庙对面看戏的夜晚，11 月，风有点儿凉凉的，他从身后抱住我。两人都听不懂闽南话，互相逗着：你觉得哪个女伶最美？

　　后来跟一个闽南人在一起，虽然他坚称自己是潮汕人，反正他的祖籍貌似在闽粤交界的地方。他真听得懂当地的戏——虽然这就好像我听得懂二人转一样丝毫不值得惊奇，可我还是觉得他们的口音很有趣。一个晚上，他喝了酒，很兴奋，蓦地从沙发上跃起来，满客厅乱转，咿咿呀呀地唱念做打。他的朋友全笑翻了。"你记不记得小时候戏台上那个马仔？"他问。沙发上的朋友已经笑得掩住了脸。

"当啷啷啷……"他亮了个相。

晚饭妈炒了莜麦菜，很好吃。妈说是用了别人送的野猪肉。"野猪肉，我吃过。"我说。"你在哪儿吃过？"父母都问。"在饭店。"我搪塞过去，用饭菜把嘴塞满。

我吃过，在周的家里。

我见过周所有的朋友和亲属。这应该算是一种承认。虽然后来这只是一种惯性，我并未真正想过融入他的生活。春季他会寄送雨前茶给我爸，秋天寄山核桃。我回家的话，就带山参给他。这种沟通很理所应当，也很苍白。周的外婆住在附近的村庄里，老得搞不清年龄，穿着斜襟水蓝小袄，肥大的藏青裤子，睡张爱玲小说里才有的木床，每天都在不停劳作，很少说话。伊很宠爱周，每次都包山大的南瓜馅儿饺子给我们。我们各捧了碗站在院子里吃，一边逗弄小猫小狗，伊就搬了小木凳子坐在一旁看我们笑。那个村子，大概是叫作汪村，印象有些模糊。

冬天去周家过年，大雪里走了两小时的盘山路，筋疲力尽。我走在前面，先进了周外婆的院子。伊早收到我们要来的消息，正在和面。耳朵到底有点儿背了，没听见我敲门走进来，一回身才见了我，很疑惑又很惊喜。她叫了我的名字，声音轻轻的，有点儿怯怯。我还愣愣地站在院子里，周牵了我的手，带我进门。

后来，周跟我说，外婆这几年记性很差了，什么也记不得，怎么一下子就记住了你的名字？

有一个夏天的晚上，周的父母、我、周四人吃过了饭，天倏忽阴沉得可怕。周的父母闩了门，把中堂的灯点亮。四人坐在竹床上聊天。不一会儿，下起大雨来。雨点啪嗒啪嗒，停电了。周的妈妈不知从哪儿摸出两根蜡烛，插在中堂供桌上的两个烛台上。我有点儿不安。果然他们又开始说家乡话，我一句不懂。无聊地坐在竹床边沿，晃着腿。不一会儿，周跟我说，爸妈说，会给咱们在城里买房子结婚，让我们别着急。我对他们笑笑。周的父亲开始用笨拙的普通话安抚我："都会有的，不要着急，不要着急……"我只是说："我没有着急啊……"

晚饭时老钟头儿问我："你现在咋不做饭了？我闺女做菜真是不错。"

在周家，我用土灶给全家人做饭，周帮厨。每一家都用双人床那么大的竹编平底箩子晒了满院子的辣椒、萝卜、黄瓜，烧菜之前抓一把在手里，油热了，唰一下扔进去，刺眼睛的辣香随着油嗞嗞地溢出来……下地干了一天活儿的周的父母回来，把草帽、靴子都扔在一边，坐在中堂乘凉。我用土灶蒸饭，周把木桌搬到院子里，吃饭。

我大概听得懂一点儿他们的话，吃饭的时候，邻居和亲戚经过，周的妈妈会说这饭是我烧的，于是大家都称赞我"真能做"，又说"菜好香"。晚上，似是全村人都围在周家中堂里打麻将，而周背了两个电箱去河里电鱼给我吃。我说要帮忙，周不许，说水里有蛇。他自己电鱼，再用网捞了，放在篓子里，一直到天色黑得看不见才回家。

有一个晚上，很黑，很多人围在河边看周电鱼，我始终在岸边跟着他走，不知不觉就下了水。周突然大叫，让我后退，我吓傻在原地，岸边人纷纷把手电的光聚在我脚下——那儿的确有一条蛇，不过被光照了，等我看见时，已经灰溜溜逃得只见尾巴。周拉了我的手，气急败坏，用他的家乡话喋喋不休了一通，我一句也不懂，可岸边的人都笑。

还是去年年底的时候，周在QQ上跟我说他去了绍兴，照片传到空间里，让我去踩踩。我一直没去，也没有回复他。昨天闲来无事，去看了，感觉复杂。照片上那个人，因为曾经极其熟悉，现在看来，反倒十分陌生。甚至……甚至那种曾经魂牵梦萦的帅气，而今也全成了生涩的隔阂。是的，我也不用避讳自己的内心。

故人的意义，在于让你记忆自己。不再有感情，也没有放不下，单单是该记得自己的来路，因此无须再见到具体的形态。现在他们或许成为他们该成为的模样，或许没有，都不再与我有关。而故事的意义，在于无论你做何感想，都已经过去。

纸上得来终觉浅

每个人的一生都有很难熬的时刻，无论你在这之前或之后多么
春风得意。老天爷大概只在这件事上非常之兼顾公平，童叟无欺。

前几天聊起童年往事，我很久没有去回忆住在郊区，公交车都
没一班，大雪齐膝的时候，天还乌黑就推着自行车出来，一个冬
天无数次摔在冰上，身上常常是青一块紫一块也懒得喊疼的那些
年……全家人苦熬苦修，上有老人病危，下有我这个瘿犊子娃娃升
学考试，人到中年的爹娘每天疲于奔命，狼狈不堪。

然而毕竟是越来越好了。我高考之后去南方上学，父母的一次
结婚纪念日，老钟头儿借了一辆自行车载着我娘去了家附近的饭店
庆祝。他举起酒杯，对妻子说："得是多傻的女人，跟着没什么能耐

的我，风风雨雨二十年……给我一个家，给我一个好孩子。"后来我
娘跟我说起那一天的情景，眼圈总是红红的。

有些话憋在心里几十年，大概百转千回，可表达出来还是显得
矫情和轻巧。在我这样的年纪，很多话说出来未必太早了些，但我
还是想说：虽然也有诸般踌躇不决，虽然难免心生恨意，虽然性格
里戾气横行，压不住说出些撮火伤人的话，可每在抉择时刻，第一
件事总是将心摆摆正。两人在一起，既然分享的时候你都在，分担
的时候也就该在；既然一起笑的时候你曾经笃定选择，那么不巧这
天果真要一起哭，也不该弃他一人而去。如果做不到这点，干吗在
一起，又何谈在一起？倒是下了床，给了钱，拍拍屁股走人，更干
脆也更干净些。

女人和女人，男人和男人，究竟有多大不同？为什么你跟定了
这一个，而不是那一个？还不是一样的琐碎生活，一样的性别劣根，
一样的归于平淡，甚至彼此厌恶？能够对对方的苦难感同身受，且
乐于感同身受、同舟共济，而不是只贪图他或她的一段好年华——
这是我所成长的家庭教给我的，所谓感情，所谓婚姻。

万水千山走遍

晚上窝在办公室赶完了一篇稿，手机突然响了，是朋友问我一些关于工作的问题，不是职业性的咨询，只是"你帮我想想"的那种提问。咬紧嘴唇，不知该如何作答。

很多时候我们孤立无援，并且不能因此责怪他人。在决策上和行动上依赖任何一个他人的愿望都是徒劳无益的，归根结底人要靠自己，这跟爱不爱无关。

我本来是个对钱毫无概念的人，赚钱花钱就像石子儿扔在水里，毫无目的和后续。这种状态持续了好多年。后来我觉得 500 万才叫钱，其他都是浮云。突然有一天我意识到，钱的重要就在于 500 万是钱，5 万是钱，1 万是钱，1000 块是钱，100 块是钱，10 块是钱，

1 块也是钱。成年人对钱没概念基本等同于对自己和他人的犯罪。这
一惊非同小可——这种认知的建立比任何仪式都更像成人礼。

跟对钱的认知一样，我曾是个骨子里极其倔强基本不听任何劝
告的人，因此成为一个早熟早慧和晚熟迟钝的矛盾体。在作为我 24
岁生日礼物的文章里，林阿鲁曾经这样描述我："我知道她跟这个世
界打过仗，并将继续战斗下去。"人就是在一次次天人交战中变了样
儿，从刑天成为西西弗斯。

每天夜里在马路边等绿灯的我都一脸严肃的茫然，今晚我幻想
如果有个女儿，我会想跟她说些什么。答案是这样一段话：你会有
很长一段时间坚信一定要嫁给一个你挚爱的人，然后你伤痕累累仿
佛离爱情越来越远。如果你的感情终于面对两难，妈妈希望你选择
那个足够爱你、关注你的人，这样你会轻松得多。虽然是否"足够"
只能由你自己来衡量，虽然轻松未必等同于幸福。

情浓是一件很累人的事情，对自己，也对他，并不值得标榜。在
两个人的相处中，唯一值得标榜的是"刚刚好"，因为默契的恰到好
处几乎是不可求的，大多数时间要依靠宽宏和忍耐。值得庆幸的是现
在还远没到总结陈词的时候，因为未知，薛定谔的猫儿们无所畏惧。

《蓝宇》里有一句台词："这辈子不后悔，下辈子决不这样过。"

酒精
是我最大的放肆

有人喝大了跑到领导办公室去撒疯，有人要跟老婆离婚，有人打电话把情人叫来作陪，有人锲而不舍谈着人生理想，有人吐了。我接起电话，是兼职的杂志打来的，强作镇定说着"一、二、三、四"的修改准则……不知道什么时候，场子里就剩下我跟一个可靠的大哥，于是穿上外套准备被送回家。

一笑二闹三哭，酒醉过程悉数上演，后来索性在出租车后座上横躺过去，大哥在副驾驶位焦急地等待我指路。头很重，好在我还是能说清楚在哪儿转弯——喝大了就赶紧回家，或者赶紧找个信得过的人，赖上他，让他送我回家——这是我的原则。

早上起来——其实已经起不来了，反正努力起来，洗漱化妆，又一头栽回床上，接着睡。到中午勉强爬起来，甩掉一头陆离的怪梦，上班。

中午没吃饭，也没休息，又接到电话说外审的事，好嘛，看来那个电话不是梦里接的。网时断时续，我的脑袋也时而清楚，时而迷糊。大家都去吃午饭，屋里安静极了，何况今天还是近半个月以来难得的一个晴天，我甚至都有点儿高兴了。

酒精特别能激发我的能量，像化妆一样，本来扁平的五官刷两下就立体了；酒精也放大我的感官感受，喜怒哀乐瞬间就大了好几号。我唱啊蹦啊哭啊笑啊，怎么就那么高兴，怎么就那么难过。

几年前跟一个前任讨论写作，他说写作者需要强大的"性能"。这论调有点儿弗洛伊德的色彩。那时候我年纪小，不太懂什么叫性能。现在我好像没那么小了，不过相对于性能，我体会更多的是酒精给我的身体和大脑带来的潮汐一样忽高忽低的冲击。每次坐在桌前像煞有介事地举杯，我都像窥破了一场奸情，和酝酿奸情的那颗女人的祸心。

诗人们酗酒、抽大麻、过淫靡不羁的人生……读八卦历史书的时候，眼睛总能触碰到这些令人极想一探究竟的字眼。我无法真正走进那样的生活，但我能理解那样的诉求。在一篇文章里读到，性高潮是人的神性闪现的瞬间。我突然明白为什么我这种几乎没有癖好的人会贪酒。我是个骨子里非常非常传统，传统到有些迟钝的人，酒是我最大的放肆。对人，我没有一个天生放松的、敞开的身体，但我愿意让酒精在我的身体里攻城略地。

我笑我的得，我哭我的失，我在不得已里唱啊跳啊，大声告诉我爱的人我很爱他，告诉我恨的人我已离去，这是我前所未有的大自在。我知道酒后的我会变得很不可爱，让人头疼。我在身边望着我穷形尽相，多么想让我哭倒在我怀里，告诉我：我多么希望你获得真正的快乐。

每当变幻时，
便知时光去

　　前几天无意中看到编辑室的姑娘在看《老友记》，问她之前是否看过。她说没有，不晓得哪里有全十季的。我说搜狐视频有，不过你也可以拿移动硬盘来，我有。

　　文件大，一时半会儿拷不完。我着急出去办事，告诉她拷完帮我关上电脑，说完就匆匆走了。一个多小时后，在外收到她的短信：三儿，拷完了，电脑已关，thank you！

　　晚上回家，第 N 次从第一季看起。菲比和莫妮卡劝逃婚出来做了咖啡厅服务员的瑞秋不要低沉，终有一天她会找到自己的魔豆，"magic beans"。瑞秋反问："如果我找到的不是魔豆呢？如果只是颗平常的豆子呢？"

10年里，莫妮卡当上了餐厅的大厨，成了钱德勒的佳妻；钱德勒从面目模糊的职业里脱离出来，有一种人到中年的志得意满。他们买了标示中产阶级的城郊白房子，看起来跟任何一对美国夫妇没什么分别，除了这栋白房子里"怎么会没有乔伊的房间呢"。菲比嫁了最想嫁的人，终于有了属于她自己的亲人。罗斯继续认真恋爱，也认认真真被伤害，众望所归地又与瑞秋走到一起。那个年纪最小、最傻大姐的瑞秋，那个担心自己找不到"magic beans"的富家女，成了个十分称职的单身妈妈，在职场打拼出了自己的天地。

这部剧集从19岁开始，反反复复，陪我走过了10年。每次看，感受都不相同。10年了，你找到自己的"magic beans"了吗？如果还没找到，你还坚持吗？如果找到了，你悉心浇灌它了吗？

王小波20年后见到儿时的朋友，被大家起哄"说几句"，痛饮之后，他只问了一句："你们好吗？"

你们好吗？

爱你清水芙蓉，
爱你妆容正好

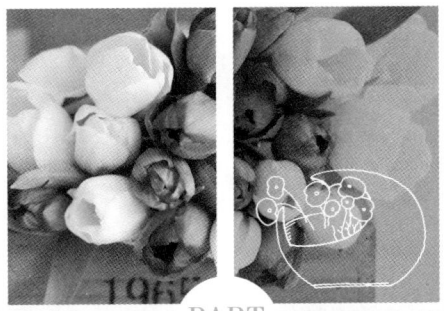

女人的性情再怎么刚强，面貌也总是以娇艳润泽最讨喜。只备一盒浅色腮红，出门之前用刷子轻轻扫在两颊上，一张俏脸立刻粉嫩得像刚从枝头摘下的水蜜桃，含糖量、含水量都是天文数字。

我托空气寄信给你

《桃姐》里，Roger 问终身未婚的桃姐为什么不在众多追求者里择优录取。桃姐皱着眉头回答：他们腥。因为闻到对方身上有腥味就拒绝与之恋爱结婚，的确是一个冷门标准，同时将嗅觉的地位大大提升。

事实上，除非饿得两眼发绿，不然我们很难像重视视觉和听觉那样把嗅觉当回事。然而当嗅觉的对象是体香时，其意味就开始变得暧昧不清。前有《封神榜》里纣王选妃总要亲自去女孩的私处闻一闻，后有传说中"玉容未近，芳香袭人"的香妃，令乾隆帝神魂颠倒。正史、野史都不缺少关于体香古怪又绮丽的记载。

传说西施之所以打动吴王夫差，不仅因为模样标致，更深层的原因是其身有异香，所以才有了后来的"香水溪""采香径"。而杨玉环以丰腴之躯理所应当患上了"多汗症"的富贵病，香汗淋漓时甚至可以湿透香帕。重口味的玄宗深深为爱妃的汗味痴迷，为其修建了"沉香亭"。西施入吴卧底，杨玉环为死磕梅妃苦练《霓裳羽衣舞》，两位美人戾气不可谓不重，却仍能保持夺人心魄的体香，足见体香是天生丽质的一部分，并非帕·聚斯金德在《香水——一个谋杀犯的故事》里意淫的那样，会因为愤怒等不良情绪而消失不见。

在对体香的偏爱上，执着的人比比皆是。拿破仑的妃子曾为了讨他的喜欢创造了三个月不洗澡的纪录，其情可鉴。所有与性沾边的话题都不能绕过日本——日本有商人专门收集少女体香，瓶子上注明少女的简介并附上照片，一朝上市，遭遇疯抢。

至此，严肃的科学家务必闪亮登场，毁浪漫的时段开始。有一种科学观点认为，女性的体香来源于体内一种叫作雌二醇的物质，体香的强弱与年龄有直接关系，通常在青春期到达峰值。也就是说，在嗅觉的性感度上，洛丽塔们独领风骚。中学生物课教导人们说，雌飞蛾会靠散发气味来吸引雄飞蛾前来交尾。这个秘密不幸被诡计多端的人类发现，于是无所不用其极，让千里迢迢来燕好的雄飞蛾要么扑个空，要么干脆一命呜呼。这种行为当然被公认为是杀灭害虫的正义行为，但或可理解成为一种嫉恨——在漫长的进化中，人类的嗅觉早就退化到足以被生物界许多动物耻笑的程度。

既然人的嗅觉已经如此不给力，要助力美丽的体味和美好的性，就只能想办法强化体香。人类文明对非身味的"香"的追求，可以追溯到数千年前，后世关于香水的书籍与影视作品更是多如天上繁星。著名的香奈儿女士索性直言："不擦香水的女人是没有前途的。"事关前途，性质严重。香奈儿又说："香水应该强烈得像一记响亮的耳光一样令人难忘。"关于香水风格的偏爱因人而异有待商榷，但香水作为一种商品已经上升为一种文化现象，的确是不争的事实。

《闻香识女人》几乎将人造香味妖魔化。失明的阿尔·帕西诺单靠所使用的香水、香皂味就能分辨一个女人的美丑，功力已然出神入化。问题是，如果一个美女和一个丑女所用的洗漱用品及香水完全一样，他又该怎么判断？至此或许我们又可以大胆推断——美女身上的香味是人造香与体香混合的美好气味，丑女依然难以望其项背。

按照最朴素的先来后到，体香应该是香水产生的基础，是体香启发了人们对人体嗅觉进行修饰的渴望。然而世事无常，往往会发生本末倒置的"杯具"。在之前提到的小说《香水——一个谋杀犯的故事》里，帕·聚斯金德讲述了一个骇人听闻的故事：一个天赋异禀的嗅觉天才领悟到少女的体香是世间战无不胜的利器，因此先后杀害 26 个少女，最终完成了他萃取神奇香水的伟大事业。更悲摧的是，嗅觉天才居然没有任何体味，无论是香还是臭。当主人公发现这一点时，登时面对了"念天地之悠悠，独怆然而涕下"般的巨大悲恸，因为在他的认知系统里，专属体味是生而为人的标签——他是一个无足轻重的人，就像从未存在。

先有鸡，还是先有蛋？人是先追求香，后意识到体香，还是相反？一笔烂账无法算清。值得一提的是，即使嗅觉再退化，它依然永远与生命如影随形。同样是在帕·聚斯金德的小说里，他这样写道：

> 人可以在伟大之前、在恐惧之前、在美之前闭上眼睛，可以不倾听美妙的旋律或诱骗的言辞，却不能逃避味道，因为味道和呼吸同在，人呼吸的时候，味道就同时渗透进去了，人若是要活下去就无法拒绝味道，味道直接渗进人心，鲜明地决定人的癖好，觊视和厌恶的事情，决定欲、爱、恨。主宰味道的人就主宰了人的内心。

近日有科学研究证实，以男性体味为原料的护肤品可以改善女性的月经不调，可见对性感体味的钟爱绝不是雄性的专利。而如果我们坦然于视觉偏爱美丽的色彩，听觉追逐优美的旋律，味觉迷恋饕餮大餐，触觉陷进舒适的空间，又何苦对嗅觉苦苦相逼？管它是天然还是人造，我们只闻好味道。

爱你清水芙蓉，
爱你妆容正好

香港导演彭浩翔在《爱的地下教育》里当起了情感专家。有这样一则提问：

我有一 GF[1]，想与她分手，一直没分，原因是：1. 回国可以有人上床。2. 提分手怕她伤心。我该怎么办？

彭浩翔答：你应该去死，谢谢。

传统的情感专栏都是炮制心灵鸡汤的大锅，而现在的情感专家早接上了地气，顺便完成了《甄嬛传》一般华丽丽的宫斗模式大转身。

---

1 Girl Friend 的简称，即女友。

当一个情窦初开的少女给一位情感类节目的 DJ 打电话：我特别特别特别喜欢他，可是他不喜欢我，为什么呢？我这么喜欢他，他喜欢我一下能死啊？如果你以为 DJ 会说他不喜欢你是他有眼无珠猪油蒙心，那你就大错特错了。听筒那头多半会甩出一车匕首，刀刀直戳少女的肺管：你是美女吗？不是？那为什么不化妆？为什么不减肥？不然，你打算让他喜欢你什么？

这就可以解释，不管早高峰的北京地铁挤成什么样儿，依然有衣装俨然的女白领一找到能落下一双高跟鞋的地儿就掏出镜子来描眉梳鬓。上车时清水芙蓉，下车时已粉面桃腮，风情旖旎。遗憾的是，并不是所有人都支持这种随时随地追求美的向上作风，甚至觉得当众化妆伤及风化，可与当众脱衣划为一个范畴。好在地铁里虽然明确规定不能吃东西，却没有说不能化妆，才让众多爱美的姑娘逃过一劫。

我们的文化向来不鼓励张扬，在对女性是不是该当众化妆的评判上也一样。近年舆论毕竟宽容了些，早年当众化妆的女性形象一般被强行塑造得烟视媚行心怀鬼胎，多是影视剧里的女特务或交际花之类。如今西方女性在卫生间镜前补妆的习惯早跟许多舶来文化一样与我们的生活完成了无缝对接：从"厕所"到"卫生间"再到"化妆间"，水池前的镜子越来越大，镜子上灯光的角度和亮度也越来越善解人意。

心灵鸡汤常说重要的是过程而非结果，这话可能十分不适用于化妆。如果说素颜示人是一种勇气，完美妆容是一种态度，那么乐意把素颜到完美妆容的过程公布于众的八成就只有论坛里的化妆教程了。话说回来，即便是真正的化妆教程，大公无私的模特儿除了可能在最后一张完成图上收获几句"LZ[1]好强"外，就只剩下被指指戳戳的份儿：毛孔、痘印、斑点、细纹、肤色不均……任何缺点都被无限聚焦、放大和谈论，来偷艺的个个都是白眼狼。

因此，即使卸妆节目再怎么风行一时，嘉宾卸妆后再怎么惨烈到让人无法直视，最赤裸裸地要求收视率和话题性的制作人也从来没做过什么实实在在教观众上妆的节目——所谓的美妆节目模特儿无一是真正素颜的，腮红和眼影之下早打好了底妆，无非是来锦上添花追求完美而已。

意外的发现是诸多男性偏爱女性化妆时的样子，觉得妖媚俏皮，仿佛树林间临水照花的小鹿。古今中外的摄影师们给女星拍摄写真时，也总习惯在化妆镜前来那么一张，让看客觉得高高在上的女神霎时就成了邻家女，在相纸上呼之欲出。这世界每天都要爆发关于各种问题的大讨论，关于美却能在大方向上和平共处，什么是美，如何追求美才算姿势好看，从来都没什么标准答案。

同样是在《爱的地下教育》里，彭胖回答那些左右为难的专业纠结人士说，没什么大不了，凡事结果好就是好的。管她是在化妆间还是地铁上，只要没有因为刹车而一不留神被眼线笔破了相，只要蓦然回首时总是一个美人，大可以别太苛责，随她去吧。

1　网络用语，楼主的简称，即发帖人。

那一抹
胭脂的明艳

　　有个绕着地球飞来飞去的朋友，是一件幸福的事：这样一来，我们不用受旅途劳顿之苦，就可以听到斑斓旖旎的民俗风物。有个在某广告集团做总裁助理的闺密就是这样的活体《国家地理》，一次她谈起见闻：东方女人追求裸妆效果，不露痕迹地让平面化的五官拔地而起；欧美女人则喜欢夸张的眼影和唇膏，掩藏妆感什么的，想都没想过。说起来，最有特点的要算东南亚女人了——她们必备的化妆品是腮红。有的人在新加坡待了十几年，还是没法接受满大街涂着夸张腮红的女人，总以为自己闯进了戏班后台。

　　所谓的胭脂正是现在口红和腮红的统称。"红"历来是个集万千宠爱于一身的字眼儿，说人正直是"红"，美丽是"红"，受欢迎还是"红"。女人化妆叫"红妆"，一个"红"概括了所有妆容风格。
胭脂当然是红的，且这两个字极具画面感，单单读起来就让人感觉
心里麻酥酥的——怪不得《红楼梦》里的宝二爷总要跟姐姐妹妹们
讨胭脂吃；李碧华写公子与风尘女子的生死奇恋，选的定情物和书
名都是"胭脂扣"……个中风情，只可意会不可言传。

唐代仕女要在脸上画"三白"：额头、鼻梁、下巴留了白，其余
的部分则用形状大小各异的胭脂涂抹，与今人的审美大相径庭。可
见人类虽然早认识到白是底色，红是点睛，却还是在红与白之间经
历了漫长的博弈。的确，白就一定好吗？《围城》里的苏文纨白，
可惜是死鱼肚白，且"也许轮廓的线条太硬，像方头钢笔划成的"。
而腮红既能调节惨白又能修饰线条，看来苏小姐是不懂得用腮红的。

女人的性情再怎么刚强，面貌也总是以娇艳润泽最讨喜，真美
女怎能不粉面桃腮？见过天姿过人的年轻姑娘，皮肤吹弹可破，又
偏巧目若秋水、眉似远山，就不需要太多修饰，只备一盒浅色腮红，
出门之前用刷子轻轻扫在两颊上，一张俏脸立刻粉嫩得像刚从枝头
摘下的水蜜桃，含糖量、含水量都是天文数字。

有的外企纪律严明，像高中要求学生穿校服一样要求女员工上
班必须上妆，甚至有女主管负责每天做专项检查，而检查的重点项
目之一就是腮红。哪怕是因连夜加班面色惨白，只要刷上腮红，也
分分钟气色红润，虎虎生威，什么困难都不在话下。难怪有职场女
战士教育同性后辈：包里务必常备一盒腮红，不仅是为了给别人看，

更是为了给自己提气。

如此万能的腮红，却莫名背了多年黑锅，成了戏剧丑角脸谱的最爱，连《武林外传》里的佟掌柜也要在腮边涂圆圆的两坨来吓人，让剧集笑点爆棚。其实这并不是腮红的错，而是用腮红的人技巧不成。腮红发展到今天，已经演化出了无数种微妙差别的颜色和质地，与之相应的，是可以达到多种效果的涂抹位置和方式。大概没有哪种化妆品像腮红这样必须因地制宜、随机应变，否则就可能酿成一场灾难，汝之砒霜，彼之蜜糖。好在科技的进阶总不是坏事，腮红被细分，有表现少女羞涩的，有表现成熟女性优雅红润的，有刻意做晒伤状的，更有全不避讳性意味的，让人瞟了一眼就心头小鹿乱撞，马上刷卡买回家。

小时候参加过集体演出的人都有被化舞台妆的经历：厚厚的凡士林，白得像鬼一样的粉底，黑粗的眉毛和眼线，最出彩的莫过于两坨圆圆的红脸蛋……老师给化完了，小时候的我们聚在一起笑着闹着，都是又害羞又兴奋，想人看又怕人看。而今轻轻松松就能刷出最得体的腮红，管它是橙的粉的、液体粉状、圆的扇形的，却怎么也刷不出那年的稚气未脱和不谙世事。在现在与过去之间，横亘着一个东西，也跟红有关，叫作红尘。

这一局，
短发翻盘

　　这个世界流传着一些官方审美标准，几乎是判断美丑的红头文件。比如美好的男性必须高大、棱角分明、健美，女性至少苗条之中保有曲线。在这些绝对标准之上，又有一部分相对没那么严格的条文，相当于试卷里的附加题，你可以选择无视，不过答对了可以加分，向更高的层次进阶。这种附加题包括男性最好有几块腹肌，鼻梁须挺括得像支起了个架子；而值得被称为梦中情人的女性要像电影里的女主角一样，有着扑闪扑闪的大眼睛、一头长发以及衣服里裹得紧紧的 C 以上罩杯。

　　艺术源于生活而高于生活，不过看起来电影和时尚杂志并没有真正普遍收集民意就匆匆给角色和模特儿套上了行头。随便问问身边的人就知道，即使最受制片方钟爱的性感尤物，照样有男人不买账，根本不以之为美。有的男人索性大大方方承认，就是不喜欢可口可乐玻璃瓶身材，"芭比娃娃有什么好看的？我就觉得假小子型的很亲切"。

这一观点听起来貌似惊世骇俗，其实不过是众多因不符合审美主旋律而被压制的声音中的一个罢了。平胸也有春天，伪娘不乏人爱。过去一个男人只能在女人中选择伴侣，现在则可以把视野扩大一倍，遥远的国度还有人爱上了自家的山羊……每个人都戴着隐形的有色眼镜端详众生，只遵循个人的标准，这一点从未改变。

在官方审美标准里，是否长发是给女性打分的关键点，甚至可以说是一道门槛。长久以来，大家似乎也莫名相信只有长发能修饰脸形和头形，这也是长发独领风骚多年的一大原因。可是我们必须知道，这是个日新月异的时代，iPhone越来越长，电脑越来越薄，美发作为一项工业，也不会被甩在时代之后。随便去问问哪个发型师，他都会把短发近乎万能的修饰作用讲给你听：清爽、个性、轻盈、减龄以及可以凸显英姿飒爽的干练气质。电影节红毯是争奇斗艳的战场，冲天的杀气分分钟把女神范儿的晚礼服撕成拖把。聚光灯下，到处是精巧的盘发或打理得一丝不乱的S形鬈发看似随意地偏在右肩……这一切太完美了，毫无破绽，也毫无新意。

正在刷红毯美照的人大打哈欠打算弃楼的时候，奥黛丽·塔图登场了，她用纯白色的短裙和一头深栗色短发瞬间攫住了人们的心。即使再有人酸溜溜地感叹"天使老了"，也不得不为塔图的登场暗暗喝彩。这样的塔图确实不再适合演绎穿红戴绿的艾米莉，不过年纪轻轻长发飘飘皮肤紧绷的闺女有的是，顶着一头短发演绎可可·香奈儿的奥黛丽·塔图却只有一个。

睫毛的海岸线

在自然界，雄性动物永远心怀抱负地苦练神功，期待以最佳状态示人。炸毛也好，开屏也罢，总之务必第一时间博得雌性青睐，从而夺取交配的优先权。只有人类彻底颠覆了追求美的秩序：女人踩着恨天高踢踢踏踏一往无前，男人只能被远远抛在扬起的灰尘里。

女人对美的斤斤计较，早已经到了令男人匪夷所思的地步。为了三五斤分量，女人可以一个星期拒吃晚饭。而对于男人来说，这种体重微调或许只有在高倍显微镜下才能被察觉。同理，女人为了穿凉鞋好看而猛锉脚皮，为了做头发傻坐一整天，为了眼睛看起来更大每天早起半小时打理睫毛……所有这些，全都在直男的理解范畴之外。

日本动漫《白熊咖啡厅》第三话，动物们坐在咖啡厅里吐槽：
为了维持在动物园的人气，我们真是受尽苦楚。温柔敦厚的羊驼先
生却不无羡慕地说：总之能吸引人去看就很好啊，我除了吃草什么
都不会。大家问他，难道就没有别的特长吗？慢条斯理的羊驼先生
瞬间英武异常：还有就是……睫毛特长。

很遗憾，长睫毛没能为羊驼先生招来潮涌般的观众群，但这并
不妨碍美睫在人类世界里备受尊崇。每个人都会说"眼睛是心灵的
窗口"，只是对于常常为窗口修整边框的女人来说，这不再是一句冠
冕堂皇的话。有调查显示，如果限制女性出门前只能使用一种化妆
品，绝大多数人都会选择睫毛膏，比例甚至高于粉底液或粉饼等底
妆。为了获得美睫，女人们万箭齐发，动员了一切可以动员的力量。
雷打不动的纤长、浓密、卷翘，出现在各种美睫产品绮丽性感的包
装上，好像在反复诉说着一个古老而神奇的传说。

理论上说，睫毛是生长于眼睑边缘的排列整齐的毛发，起到阻
挡异物、保护眼珠的作用。当外物接近我们的眼睛时，会首先触碰
到睫毛，所引起的反射让我们马上闭上眼睛，以防伤及眼球。烫睫
毛、种植睫毛、嫁接睫毛、粘假睫毛、涂睫毛膏……全都要在睫毛
上完成，如果每碰一下睫毛就会反射性地闭眼，还怎么继续？所以
美化睫毛的过程中只能努力克服闭眼反射，初学者总须经过一个或
长或短的熊猫眼时期，各种"教你如何使用睫毛膏"的帖子才会浏
览量爆棚。在这个注定跟身体反应较劲的领域，得道者们充满优越
感——论坛讨论某款睫毛膏易晕染的帖子里常能见到她们的身影，

云淡风轻地大笔一挥：这款我用了不晕啊，是 LZ 涂得不对吧？应该先从三分之一处……

　　一副美睫究竟会给面部带来多大的美化作用？这个问题似乎没有可以量化的数据。李艾去《康熙来了》卸妆，小 S 盯着李艾的脸说："她动用了一整副的假睫毛……一般动用一整副假睫毛……看见假睫毛立在那儿，证明她的眼睛真的不大。"李艾坦荡荡地更正："是一副半。"

　　女人以为是凤冠霞帔的，在男人看来或许不过是北美洲大火鸡，这种尴尬例证不胜枚举。在男人的世界里，睫毛与所有妆容一道成为两性相斗的把柄，时不时就抓过来调侃一下。比"不是我不笑，一笑粉就掉"要糟糕得多，喜剧片里的女人一掉眼泪就是人间惨剧，简直是毕淑敏《素面朝天》的 live 版 [1]："红的水黑的水蜿蜒而下，仿佛洪水冲刷过水土流失的山峦。那个真实的她，像在蛋壳里窒息得过久的鸡雏……"可惜男人在这次战斗中明显犯了轻敌的错误——防水睫毛膏早就不是新鲜玩意儿了。传说琼瑶阿姨为自己的电视剧选女演员，一项重要指标就是哭起来一定要好看。对于真正爱美的女人来说，笑要夏花灿烂，哭也必须秋叶静美，没有任何例外。

　　弥尔顿在《失乐园》里写道："他手里拿着金制的圆规……说

1　意为现实版。

道：周边就这么遥远，世界就这么宽阔。这就是你们的疆域，这就是你们的大地。"女人屏住呼吸，一只手将眼皮轻轻抬起，另一只手举着睫毛刷凑近眼睛，刷出顾盼生光的大眼睛，刷开新一天的幕布，这场景同样充满虔敬的仪式感——既然是种情怀，就无须任何人懂吧。

请把自己
PS¹好了再出门

　　台湾同胞的日常用词透着一种咬牙切齿的生命力。常看台湾综艺的人对这种范儿一定不陌生，比如"奋斗"不叫"奋斗"而叫"打拼"，台湾少数民族的精神风貌跃然纸上。《非诚勿扰2》在《康熙来了》做宣传时，小S称赞舒淇的平面照让她也自叹弗如，用的形容词是"惊人"——呼之欲出的生猛气息。

　　我们对女星的平面照并不陌生。大街小巷的广告牌、海报、霓虹灯，产品包装上的代言头像以及网页上时不时蹦出来的小窗

1　即Adobe Photoshop，简称"PS"，是由Adobe Systems开发和发行的图像处理软件，引申义为用该软件对数字图像进行处理。

口……每年各大电影节的最大看点不是最佳女主角鹿死谁手，而是红毯比美。大牌女星挑礼服挑到眼花手软，小人物也不甘人后，期望用青春无敌来弥补略显疲软的人气。电脑前多少宅男宅女捧着一碗泡过头的某师傅泡面，不辞昼夜地点着 F5，只为了刷出几张让人眼前一亮或者虎躯一震的红毯美照。

如果"美女都是比出来的"不算真理，那这世界上恐怕就没有真理了。平时个个仙女下凡，一齐扎堆却高下立现——至少反映在照片上，差距不是一星半点儿。粉丝们标榜的行走如风飒爽英姿，因平面照无法体现动势而只能是闲磨牙，说什么"我们家××真人很美的，只是不上镜"更是浪费时间，只能惹来嘘声一片。

其实古人早就说过，所谓美人，必须动静皆宜。曹雪芹写宝黛初见，便有"闲静时如娇花照水，行动处似弱柳扶风"之句。可惜能高分通过文人刻薄挑剔的 2D 和 3D 眼镜测试的真美女比顶天立地的纯爷们儿还稀有。古老年代留下的文献里，女人要么沉鱼落雁闭月羞花，一笑倾城再笑倾国；要么难看得像脸上生疮的大反派，囫囵贴个狗皮膏药倒好过本来的五官；更多的则是面目模糊，不过尔尔。遗憾的是，根本没有任何可靠的影像资料印证这些描述，我们永远不会知道西施是贫乳还是人间胸器，这不能不说是人类历史文明的一大憾事。

必须承认，有些人天生是镜头的宠儿，她们的脸和身体像被上帝吻过一样，轮廓完美，紧致水嫩，瘦削高挑，如童话里永远长不大的彼得·潘，上镜之后就是画中人。好在少数派报告不足为据，不然《女人我最大》之类教人如何扮靓的节目也就不会拥有山呼海啸的收视率。最近的一期节目，蓝心湄不仅集合了几个自称为"自拍达人"的女星排排坐定，还请来两位德高望重的造型老师。女星个个是疯狂自拍的微博控，传道授业舌灿莲花，可说来说去也不过是老几样："必须从上向下 45 度角""我就一定要露出我的事业线啦""眼睛要睁得大大的啊""总之半侧脸就最好看了"……水平如此低下，让造型老师如坐针毡，把她们一个个拎出来超强纠错。上蹿下跳自以为达人的本来各种不服，犹自战斗，可造型老师几句短评就 hold 住了全场[1]：俯拍未必就好看，还可能把本来短小的下巴挤得不见踪影；露事业线是性感没错，可 bling bling 的链子戴太多只会淹了脖子；半侧脸就好看了？难不成您不知道自己的两腮是槟榔一样鼓出来的吗？造型师的专业素质不是盖的，减一条项链，加一只发箍，换一对耳环，头发三两下抓抓蓬松……再拍一张看看，女星自己也忍不住大呼："哇，好美啊！"

See？花拳绣腿终究是花拳绣腿，想做上镜美人，造型才是重中之重。这也就可以解释，为什么有些女星的硬照百变得判若 N 人：忽而是巴黎时装周上的女王，忽而萝莉如刚上市的水蜜桃，忽而又成了在妇产医院草坪上遛弯儿的月嫂。可普通人哪有条件有造型师？自己造型，又始终难以实现质的飞跃。好在时势造英雄，英雄名叫

1　中英混用语，网络用语，意为控制得住全场。

Photoshop[1]。硬件不足软件补，Photoshop 终于让每个人都标致得像走下对话框的 QQ 秀。没什么好难为情的，你以为明星那些"惊人"的硬照就都是原生态的吗？呵呵。这世界鲜有天生丽质，却从不乏后天励志——Photoshop 是镜头前最大的潜规则。

1　即 Adobe Photoshop，是由 Adobe Systems 开发和发行的图像处理软件。

有些美如果不曾被发掘，
就只能被低估

　　据说《中国好声音》亚军吴莫愁的地铁海报吓哭 5 岁男童，微博更是疯传同款海报突然在一老年乘客面前闪出，致使该乘客心脏病发，不治身亡……微博辟谣马上随之出现。但既然媒体无节操地炒作 MoMo Wu[1] 是"中国的 Lady GaGa[2]""全球最美的 50 个新人冠军"，也就别怪风头正劲时必然电闪雷鸣。何况官方手段再怎么反应迅速，究竟难敌民间春风吹又生的娱乐精神。

　　东方审美说到底还是走中庸路线，中等就很好，中等偏上就更

1　即吴莫愁。
2　美国著名流行歌手。

好，而太美或太丑都不好。在大多数人的审美体系里，标准美女应该是添一分则太肥、减一分则太瘦，可贵之处恰恰在"刚刚好"。《泰囧》票房一路长红，范冰冰的结尾客串令人眼前一亮：白皙、高挑、丰腴，明眸皓齿、顾盼生姿，虽然除了"美"之外，似乎毫无个性和特点，却真真让人挑不出毛病来，"此乃真美女也！"范爷因此获赠"国民女神"称号，可谓众望所归。

近些年的各大选秀节目偏偏跟大家对着干，每每的噱头都有颠覆大众审美的野心。当年"超女"之飓风吹过，"春哥"引领的中性风红极一时，电视机前人人面面相觑，不知该把这位冠军纳入哪个性别的审美体系中去考量，好像怎么都不对，怎么都不完整。不过，即使以最恶毒、苛刻的标准来说，李宇春也不能算是丑，只是让人一筹莫展，无从评价罢了。而吴莫愁一出，江湖上风雨再起，"鬼见愁"之类的绰号毫不意外地横空出世。用其导师哈林的话说，MoMo Wu 的长相与其歌喉一样，极具"破坏性"。

有摄影师这样评价镜头前的 MoMo Wu："那些绝大多数女明星看来夸张的动作和表情在她身上都很和谐。摄像机很喜欢她。"

无论多么看不惯，有一点原则是必须承认的，那就是没有人能为"美"盖棺论定。对美的评价，时尚界必须有当仁不让的发言权——如果他们负责创造潮流，他们当然也应该负责诠释潮流。从吕燕到刘雯、杜鹃、孙菲菲和现在的 Prada[1] 女郎雎晓雯，我国输出的超模似乎并不符合东方传统审美，每一个人身后都跟着巨大的争议。

有心理学家验证，我们脑中会存储一个"标准人像"，与前文所说的中庸长相颇为类似。当目光触及一个人的脸孔时，我们把他 / 她的五官与标准人像相比对，相异之处正是让我们记住这个人的长相，将他 / 她与其他人相区别的关键所在。而每个人脑中都只存储一个与自己相同人种的标准人像，即黄种人的标准人像是黄种人、白种人的标准人像是白种人……以此类推。因此，我们常常觉得白种人无非都金发碧眼深眼窝，而他们看咱们也都像是一个模具刻出来的。

这也就解释了，为什么符合西方审美的中国超模几乎个个都是小脸颊、高颧骨、细长眼睛、尖下巴、塌鼻梁……在西方人眼中，不具备这种在我们看来过分"东方"的元素的模特儿，他们只能过目就忘，根本不会在心里留下痕迹。而东方女人们在上妆时玩儿命塑造的脸部凸凹、大眼睛、深眼窝、双眼皮，因为太过靠近"欧美范儿"，又终究不及先天具备这些条件的欧美女郎，而必须被西方人抛在一边，不予采信了。

除非动刀，先天轮廓很难改变。与其亦步亦趋，不如将自己的特点发扬光大。超模雎晓雯就非常得体又出挑地利用了自己精致小

1　即普拉达，意大利著名时尚品牌。

巧的五官，并以之征服了 T 台下严苛的目光。当 Prada、Hermès[1]、LV[2]、KENZO[3] 都向这个有着单眼皮和"猪拱鼻"的女孩抛出橄榄枝的时候，她已经对自己的美安之若素，游刃有余："在工作时经常听到设计师、摄影师、时尚编辑赞美我的长腿，不过，他们似乎更喜欢我这张怪怪的脸。"

有人将睢晓雯与英国超模、时尚界"洛丽塔"莉莉·科尔（Lily Cole）类比。两人都拥有高挑的身材、瓷娃娃般的肌肤和一张毫无年龄感的脸庞。不同的是，莉莉·科尔空灵的美感有种"鬼娃新娘"一般的诡秘气息，而睢晓雯精致紧凑的五官让她周身都洋溢着青春与活力。因此，当 Prada 想向世界传递一种天真的性感时，睢晓雯的机会就来了。无论是卡通风格的蛇纹、亮片还是皮草，无论甜美、娇俏还是妩媚，这个几乎从来不刻意化大眼妆容来取悦西方世界的西安女孩，被各大媒体称为"最能展现品牌 2011/2012 秋冬风格的 Prada 女孩"。

据说成名前的莉莉·科尔非常不喜欢自己的长相，甚至到了不想上街的地步。即使随便扔在中国哪个城市的街头都不算五官出众的单眼皮女孩睢晓雯似乎没有同类困扰，她直言不讳："很多模特儿随波逐流，或者因为客户或公司的要求改变自己的服装风格和发型。可我不需要和其他模特儿一样，我喜欢展现真实的我，时尚这一行

---

1 即爱马仕，法国著名奢侈品品牌。
2 即路易威登，法国著名时尚品牌。
3 即高田贤三，是日本设计师高田贤三在法国创立的同名时尚品牌。

不缺乏美女，却需要个性。"这话带着年轻女孩特有的狂傲，但你又不得不承认，她说得没错。

亦舒说有的美女"美则美矣，没有灵魂"，这句话一定不属于那些成为国际超模的中国姑娘。虽说眼睛是心灵的窗口，但貌似窗口大一点儿还是小一点儿，都并不影响心灵意念的表达，只是各具风韵。

有些美如果不曾被发掘，就只能被低估。时尚界身体力行地向世界宣告：单眼皮也是一种力量。

你那美丽的麻花辫，
缠那缠住我心田

难怪人们快把麻花辫这个发型界的灰姑娘给忘了——鬈发风情，直发本色，短发飒爽，盘发成熟，马尾辫纯真，那么属于麻花辫的评价似乎就只有土气了。虽然各种韩式、法式发辫的编织教程都不少见，不过弯来绕去搞半天才能成形，实在有点儿缺乏性价比，不适合"压力山大"永远没时间的都市女性。眼看着麻花辫到了危急存亡之秋，华伦天奴（Valentino）[1]挽狂澜于既倒，用缤纷各异的麻花辫点亮了 2012 春夏秀场。

麻花辫跟华伦天奴的合体貌似有点儿混搭气质。众所周知，华伦

1　意大利奢侈品品牌。

天奴从不讳言自己的贵气，金色的刺绣、精美的剪裁、紧紧贴合身体曲线的神秘含蓄，令人浮想联翩的流线型盛大裙摆。更不用说纯粹欲滴的华伦天奴红，每个最细小的针脚都足以捕获全世界猎猎燃烧的欲望和梦想。翻开"Val's Gals"（"Valentino 的女人"）名单：杰奎琳·肯尼迪、玛格丽特公主、南希·里根、茱莉亚·罗伯茨、妮可·基德曼……怎么看都跟小清新的麻花辫不搭界。瓦伦蒂诺·加拉瓦尼（Valentino Garavani）更是索性坦言"我就是专为有钱人做衣服的人"。

然而，女人的岁月里，不仅有 17 岁偷穿妈妈的高跟鞋的羞怯刺激，也有熟女遥想当年穿起碎花裙编起麻花辫的别样风情。何况麻花辫的复杂编织，正与华伦天奴近乎苛刻的考究做工气质暗合。"Guido Palau[1] 将金色假发和模特儿自己的头发混合在一起，先抹上润发油带来健康的光泽，然后将头发分成两部分：后脑勺中央部分的头发编成一根辫子，剩下的头发从左耳开始逆时针编法式麻花，两根辫子在右耳'会合'，合成一根后继续编完一圈又回到左耳。最后将编好的头发剩余的发梢盘成一个小发髻，将发髻弄蓬松，打造出蓬松自然的效果。最后抽出一些碎发，让整个发型看上去更浪漫。"此等烦琐的出炉过程，对于大多数人来说，已经是超越金钱意义的超级奢侈。每个小细节都尽善尽美，果真是华伦天奴的当行本色。

有一部电影叫《大辫子的诱惑》，少年看见一个梳着大辫子的姑娘，从此对她念念不忘，暗许终身。这当然是成人的童话，却从一

1　美发品牌丽得康（Redken）的创意顾问，著名发型师。

个侧面说明了麻花辫的致命魅力。郑智化有一首歌就叫《麻花辫子》：

> 你那美丽的麻花辫
>
> 缠那缠住我心田
>
> 叫我日夜地想念
>
> 那段天真的童年
>
> 你在编织着麻花辫
>
> 你在编织着诺言
>
> 你说长大的那一天
>
> 要我解开那麻花辫

这首歌说明了一个问题——麻花辫在很长一段时间里都是青春和纯洁的象征。姑娘在闺阁中大多编着一条或两条麻花辫，走起路来一摆一摆，看得人心里痒痒，非要用那发辫搔一下才能解痒似的。一嫁了人，长发立马盘起或换了其他发型，总之彻底失去了那点点摇曳的风情，从此戴上那个傻小子的戒指，任风吹雨打去了。

麻花辫的功用还不限于此。民间的扮靓秘籍大多质朴又吊诡，每个外婆和母亲都有一堆不花钱的 tips[1] 可以传给女儿，用麻花辫来制造 S 形鬈发绝对是其中之一。在那些没有发廊也买不到一次性电热卷发棒的年代里，姑娘洗完长发，拿过一大卷缠了黑色毛线的皮

1　意指提示、经验等。

筋，坐在矮凳上。她的母亲走过来，小指一挑，拈起一缕湿湿的头发……不一会儿，一头细碎的麻花辫就编好了，根根只有筷子粗细，活像是网球公开赛上的威廉姆斯姐妹。这样的黄昏和夜晚是不能出门见人的。姑娘坐在矮凳上，让轻柔的夜风吹过发辫，留下期待的声响。天黑了，她带着麻花辫睡去；天亮了，母亲为她拆开发辫，变魔术一样的，一头鬈发出现了。

这样的画面穿越了时代而来，难怪华伦天奴的设计师要说"我们想要捕捉私人时刻的女性模样"。如果说等待是一生最初的苍老，那么一个编着满头麻花辫子等待太阳落下又升起的姑娘大概迎来了一生最初的妩媚和感动。

郑智化的《麻花辫子》又这样唱道：

天变地变心不变
是谁解开了麻花辫
是谁违背了诺言
谁让不经事的脸
转眼沧桑的容颜

她等来了吗？也许已经不重要了。

瘦姑娘，
肉姑娘

　　笑话里说，老婆给老公的裤子缝扣子，边缝边说："要是这世界上没有女人，谁来给男人们缝扣子呢？"老公埋头在晚报的都市新闻里，答道："如果这世界上没有女人，男人干吗还要穿裤子？"虽说"女为悦己者容"是颠扑不破的真理，可想象一下，即使这世界上没有男人，女人也不会甘心在漫长的进化史中以树叶和兽皮遮羞取暖，她们照样会扮美人间，哪怕自己是唯一的观众。

　　读过一篇小说，一对大学生情侣做爱后动物感伤，女生说："我决定减肥。"男生一惊，揽着她肩膀的手臂忍不住一抖。他颓然地拿过一支烟，火光一闪，她的小胖脸如流星划破晦暗的夜空，他在心里深深叹息：又一个万里挑一的婴儿肥姑娘要变成千人一面的锥子脸了。

男人再怎么长吁短叹，也阻不断女人追求心中完美自我的大步流星。常有女神正告后来人，千万别听信什么"你这样很可爱啊""不要减肥啊，胖胖的很好啊"之类的鬼话，等你成功把自己塑造得尽善尽美，男女屌丝们都会倒吸冷气，对你顶礼膜拜，那才是人生真正的辉煌时刻。这话听起来也不无道理，看当今世界的雅典娜们，谁不是棱角分明，骨瘦如柴？

美贯中西的张曼玉，刚出道时不过花瓶一个，皮肤黝黑，兔牙昭彰，一张小脸圆如满月，只能在成龙大哥的《警察故事》里打打酱油。彼时她与尔冬升拍拖，男才女貌，羡煞旁人。才子佳人的故事哪有那么顺当的？两人闹了点儿别扭，分开了一段时间，但尔冬升心里对她是惦记的，并没有真的放弃。一次聚会，两人见面，尔冬升捧着一颗心来，见到的却不再是他认识的那个张曼玉——"后来她去戴牙箍、整牙……她是慢慢变化的，包括脸型都变了……突然觉得那个人不是我以前认识的那个人了。"

金刚不坏如青霞、曼玉，当然不怕老，也不必在乎一两个帅气多金才华横溢的男人的评价，可惜大多数女人并不享有这种大无畏的福利。当父母赋予我们的身体发肤没有惊为天人，当艳绝群芳实在有点儿勉为其难，我们当然很希望被夸奖"可爱"，又梦想着穿越岁月之后，依然有个各方面都过得去又忠心耿耿的男人陪在身边。

如果只是本着这样的目的，baby fat[1] 其实是个法宝。

林依晨上小燕姐的节目，说不能容忍 30 岁还在演《一吻定情》那样的白痴少女，曾为了戏路更广而拼命瘦身。同去的陈柏霖在一旁说，林依晨生活里其实对自己蛮严苛。她得偿所愿，30 岁接到《我可能不会爱你》，扮演事业型熟女。然而，即使过了而立之年，林依晨的娃娃脸依然故我，她的熟女角色多多少少有扮老之嫌。可见，婴儿肥脸颊是减龄的重要手段，无须考虑戏路的市井美女应该好好珍惜甚至趋之若鹜才对。

观天下大势，瘦姑娘和肉姑娘各自占据半壁江山，又或许是同一个人的不同阶段。张柏芝当年凭《星语心愿》横空出世，粉面桃腮，横扫多少大叔少男之心。纸片人郑秀文未染指影坛为人熟知的时候也丰满过，一双细米般的丹凤眼被两团肥嫩的脸颊挤着，一掐就要出水似的。后来张柏芝经历情变家变艳照门，郑秀文几年没有吃过一顿饱饭加上转型失利后的抑郁，两人终于修炼成如今瘦骨嶙峋的模样。美丽吗？见仁见智。但人一生的雨雪风霜，恐怕真真儿地刻上了就抹不掉，像皮肤的褶皱，只能预防，无法根除。

《异度空间》里，干脆安排了对白直陈林嘉欣的"肥"。几多年来，她也就安然地"肥"过来，笑起来两个恰到好处的酒窝，让人看了心生欢喜，连她常常在红毯上穿得匪夷所思也舍不得苛责了。

---

1 意为婴儿肥。

至于早已与"少女"一词无缘的黎姿，虽已为人妻母，却珠圆玉润，毫无颓败的衰老相，气质不以骇人的轮廓彰显，与衣服架子美女们分庭抗礼，俨然成为一尊雍容丰满的美神了。

再看海外，"维密天使"[1]小肉脸米兰达·可儿轻松秒杀全球女人的梦中情人奥兰多·布鲁姆，与楚王细腰根本无缘的宋慧乔成为万千宅男心中永远的"乔妹"……聚光灯下从不缺美人，谁都可以来笑一笑，可是谁笑得久，谁又能笑到最后？baby fat当然不是万能的，无非减龄、眼缘佳、招人喜爱，又不担心一低头被自己的下巴戳死罢了。但退一万步讲，假使可以选择，张柏芝会不会更想要那个肉肉脸的自己，郑秀文会不会想多睡几个好觉、多吃几顿大餐？不可说，不可说。

1　维密即著名内衣品牌"维多利亚的秘密"的简称。

金发的傲慢与偏见

一本正经的科学家教育我们,严格说来,真正有金发血统的只有斯堪的纳维亚人、荷兰人和德国人,除此之外的其他人如果想获得一头亮灿灿的金发,就只好求助于外力了。

提到金发女郎,许多人第一个想到的都是性感女神玛丽莲·梦露。她甚至出演过一部电影,名字就叫《绅士喜爱金发女郎》,堪称金发尤物名副其实的形象代言人。可惜,梦露恰恰不是斯堪的纳维亚人、荷兰人或德国人,她的金发也是染出来的。如此说来,梦露大概是名气最大的伪金发女郎。

梦露粉丝遍天下,大可以说染出来的金发也是金发。这种说法倒没什么不妥,只是不够通俗——美发沙龙的椅子上一坐,发型师拿过色板，毕恭毕敬让你选一个。你的手已经点上去，"金色"两个字却怎么也出不了口，因为相较于"金"，我们更习惯称这种后天营造的金色为"黄"。但棕色、红色或其他任何更古怪而难以启齿的颜色并没有相似困扰。

至此，我们不得不承认，在姹紫嫣红的发色里，金发确实有睥睨众生的特权，天然的金发人群基本等同于老天爷的宠儿。《斯堪的纳维亚心理学》杂志曾做过一项研究，让一位女性分别染成不同的发色（金、棕、红），在伦敦及周边地区的几家夜总会形单影只地孤坐，以此统计哪种发色会吸引更多的男性来搭讪。结果金发众望所归，夺得桂冠。

既然金发如此不可一世，那么从单纯的发色上升到文化层面，也就在情理之中。关于金发女郎的文化讨论，首推的当然是无脑。"请你说慢点儿，我是个金发女郎""哦，原来头等舱不到洛杉矶"，段子手在金发美女面前一脸智商优越感，实在让人不爽。要知道，金发女郎对于全人类的重要性不可低估，人人会说我爱你，相信爱情催化了所有的艺术，却不知螳螂捕蝉，又有金发女郎催化了林林总总的爱情故事和世间万象。

悬疑大师希区柯克就从不讳言金发女郎是他的缪斯，他的每一部电影都要选一位金发女郎做女主角，这些在惊悚桥段中花容失色、风情万种的美女被统称为"希区柯克的金发女郎"。在《希区柯克与特吕弗对话录》一书中，希区柯克解释说，这种情结源自他童年时的一段经历。他7岁那年，居住地附近发生了一起毒杀金发女郎的案件。"金发女郎最适合被谋杀！想象一下，鲜红的血从她们雪白的肌肤上流下来，衬着闪亮的金发，是多么美丽的一件事。"希区柯克事后这样追忆这起案件对他的影响。7 岁就彪悍如此，不成为悬疑惊悚大师简直是天理难容。

因为稀少难求，所以美艳不可方物，加之希区柯克这样的终极推手一路辅佐，金发如同钻石，价值高歌猛进。近 20 年，历届"美国甜心"都与金发结缘。从《变相怪杰》到《霹雳娇娃》，卡梅隆·迪亚兹的角色永远美丽呆萌，我见犹怜，哪怕穿着贴身的皮质紧身衣与恶势力死磕的时候也不例外。瑞茜·威瑟斯彭在《律政俏佳人》里索性直接装疯卖傻，一身身华丽丽的粉红衬得一头金发愈发光艳夺目，亮瞎观众的眼。又传说梅格·瑞恩红得发紫的阶段曾直接垄断剧组金发资源，除她以外的其他女演员有金发的，必须染成其他颜色，否则她就要罢演……因为发色耍大牌，金发已经俨然女王的权杖。

希区柯克电影的男主角欲仙欲死地嗔怪那些女郎太完美而危险，"在电影里，我不知道是该爱上她，还是杀了她"。希区柯克认为把性感写在脸上的女人非常粗糙，"比如玛丽莲·梦露"。他相信外冷内热的女性才拥有真正的性感，所以在他的电影里，金发女郎们往往穿得密不透风，金灿灿的秀发梳得一丝不乱，却每每在关键时刻上演各种大逆转。一半是海水，一半是火焰，那些浮云一样的傲慢与偏见，笼在一头金发之下，与这个闹哄哄的世界亲密接触，又咫尺天涯。

其实你心思
细过锦缎缠绵

王小波在《黄金时代》里写："放声大哭从一个梦境进入另一个梦境，这是每个人都有的奢望。"千江有水千江月，万里无云万里天。在红尘，便爱红尘；在深山，便爱深山。不必怕做梦，也不必怕梦醒。

传奇一样寻常过活

汪曾祺的《小姨娘》这一篇，是男人对女人的一种视角。

起初是仰视的，年少的时候，对比自己大几岁又发育得像水蜜桃似的少女——大眼睛，直长发，不多话，不可揣度……她似是来自另外一个世界，有着淡淡的成熟和懵懂。于是只可远观，不可亵渎。目送着她有感情，有故事，悲壮的，传奇的，不流俗的，天雷地火，意料之中又想象之外。反抗，离开，众叛亲离，不可原谅。输了赢了，说不清。

许多年之后，少女干脆销声匿迹。当然也有回来的，变成少妇。有的唯唯诺诺做了黄脸婆。有的是寻常妇人。汪曾祺笔下的小姨娘，则烟视媚行，每天抱着孩子打麻将——"完全像一个包打听人家的媳妇。她的大胆、倔强、浪漫主义全都没有一点影子了。"已经变成男人的昔日少年失望了，眼睁睁瞧着传说终结，是惋惜，是哂笑，总之没的可说了。于是最后收束一句，要追忆另一个青春期就失踪了的女人——"后来不知怎么样了。"

这样的男人心中永远有一个少女。说是刻骨铭心好像过了，说是情窦初开又轻了。是心仪的，忘不了的，但不算真的去追求过，是怯懦的喜欢。这个少女，就成为他爱人的原型，在今后漫长的情史中，隐在岁月的幕后，可望而不可即，越来越远，越来越模糊。让他迫切地在每个女人身上寻找与这尊神祇相像的一个笑靥、一缕头发、一个手势、一瞬间似曾相识的点滴。

所以，当一个对她近况知情的人出现，他会带着多么迫切的猎奇，想知道她好不好；然而又带着多么深的恐惧，和对世事流转的了如指掌，怕听到她或泯然众人或沦落风尘或红颜薄命的消息。也或许他最不爱听她嫁得个好人家安心相夫教子的消息——传奇终结，他藏在心里的那个青春也会随之飘散，这多么令人沮丧啊。

他好像在论坛里追一个长帖子，是对生活的赏玩之心，作为楼主的那个女人，该多谢他捧场才是。谁不想认识几个不一样的人？寻常生活如此模式化。只是那些活得不同的人，往往并不是有意为之，而是性情使然。好像癫人并不觉自己癫，传奇制造者也不觉自己正在谱写传奇——当然也有刻意谱写传奇且乐此不疲的，那就落了下品。所以我在想，那些在岁月里容颜不再清晰的少女，也不过是跟着性情来去而已，她只觉得自己寻常地活着。

好的爱情
和好的婚姻

《绝望主妇》第 6 季第 14 集里有这么一段对白：

你爱我吗？

……

你看，你甚至没法儿回答这个问题。

……我爱过你。还能不能再爱上你？我不知道。你看他们（一对金婚夫妇）在望着对方的时候，眼里还是充溢着光芒，可我知道他们不可能总这样，一定也有过艰难的时刻……可是他们熬过来了，到现在，还是那么相爱……我不能保证什么，可是如果我们现在就放弃努力，不是一切都没可能了吗？

这一段对白，让我对 Bree 刮目相看。在任何一对金婚夫妇的庆典上，你都听不到类似的话，他们永远相濡以沫举案齐眉，没有争论没有分歧，更不曾想到分开，仿佛生下来就是一对龙凤连体婴。即使在当下喜庆得让人不忍心思考的大环境下，我也不相信这样的话语——我宁可听听这对老夫妻调侃对方做过的蠢事，挤对对方生活的小怪癖，追忆多年前哪次大战之后谁吵着要离婚，谁又没抵制住诱惑出轨了最后觉得还是家好……满头白发牙齿掉光行将就木我们还牵着手，那么，还有什么不能说？

好的爱情，至少该有一点，不媚俗。不用对对方的缺点毛病视而不见充耳不闻只字不提，不用处处宣扬"我老婆是世界上最好的女人"一类的自我催眠——女人无所谓好不好，只有适合你，或不适合你。好不好都已经拴在一起了。难道有一天你发现更好的，你就扔了她另结新欢吗？

好的婚姻，至少也有一点，即不静止。不是在当下，你爱我，我爱你，你侬我侬。而是要面对生活的琐碎，彼此习惯的龃龉，家人的微词，偶尔经济的低谷，双方事业的瓶颈，不听话的孩子，不给力的身体状况，一度停滞消弭的爱情……是在遭遇了这一个个或大或小的挫败之后，在我只想把自己关在房间里谁也不见的时候，还是不容许自己松开你的手；是静静等待，我们的婚姻，会水到渠成地走入下一个阶段。

不轻言放弃，这本身就是一种努力——或许某个黄昏我望向你正在炒菜熬汤的侧影，突然就好像回到初见的那天；或许是我倚在你母亲的病床前睡着了，你拍拍我的头，迎着我惺忪的睡眼，才发现我们已经像亲人一样血浓于水……这样的场景，可以化解无数的争吵、分歧，甚至仇恨。这才是婚姻的实质——爱情，当然；相依为命，对彼此喜乐哀愁的感同身受，一定。

多余的话

瞿秋白的《多余的话》，是我最爱的装帧类型。干净，醒目，没有累赘，又低调。整本书软软柔柔的，怎么弯折也可，像个水一样的女人，又似乎是个谦谦君子。我想我一定会爱上这本书，因此几乎不敢翻开，买来之后一直在床头放着，跟没读完的书摞成一堆。

这半年读港台、日本人的书居多，难得龙应台、蔡志忠、张大春、张至璋、朱天心、胡兰成、马家辉、蔡康永、林奕华、蔡澜、蒋勋乃至导演彭浩翔，都觉得好。然而太宰治到底太阴郁绝望了，那曾是我挚爱过的调调，可现在读得很艰难。

从前读书，是抱着读者的赤子之心，喜欢不喜欢，对胃口不对胃口，直言快语无须怀有心机或做旁的考量。后来做了出版，到现在，也还都是在转型的阶段，渐渐终于能从做书人的角度出发，综合品评一本书的得失。然而有时候还是难免沉陷在个人的好恶里——这种感受，恰似婚嫁了的女人还是爱溜回娘家吃母亲烧的菜，做回小女儿——怎样能更轻松自在，到底像胎记一样，难以抹去。

花好月圆

工作上越想快越快不起来，越着急越后退。

多年前韩红还没入行，在《半边天》接受采访，说她到处去应聘试唱，人家都夸她唱得好，可是都不录用她，说着说着就哭了。她背了一把吉他，当场弹唱了自己写的歌。嘉宾是李琦，主持人是阿果，都肯定她唱得好。韩红说，她一直在房间里贴着"不成功便成仁"之类的字幅。李琦赶忙说，别价，别价，得贴"花好月圆"。

想功成，这是儒家的哲学；但先作势退一步，又有老庄的意思。前一阵看柏邦妮的一篇博客，说跟现世的武林中人喝酒，听来好些理论：比如出右拳之前先要收左拳，这是一种借力；比如跆拳道里的对打，最关键的不是进攻，而是先锁住对方的脚，让他不能施展。

今儿忙得焦头烂额的，情绪自然不会很好。然而大概是天气不那么炎热的缘故，情绪也不太坏。我是思虑很重的人，很多念头在心里，想得总是很好，但做得未必好。中国文化中有一种很柔的东西，我总试图领会，可自然未必能如愿以偿。大学时钟情西方的东西，看见王小波讥讽国学，"如春风过驴耳"，会心微笑。

然而，现在我渐渐知道繁体竖排故纸堆里的一些好处——如果你能扛住不变成个坏人，这些简短的箴言便能助你更好地活下去。西方哲学越思虑越痛苦，我们先人的书里倒有些风和日暖的东西。过去我认为那是不成体系的和稀泥，可蓝田日暖，稀泥或许并没有那么糟糕。

下班打卡，拿稿子回家加班。

花好月圆，花好月圆。

不用我解释，
不用我屈曲

　　大学时有男人告诉我，说他身边朋友提醒他不要对我太过真诚，因为"喜欢王小波的女人都不正经"。我有个最好的习惯是不解释，我有个最坏的习惯也是不解释——说好听的是不愠人不知，说不好听的是您都不值得我一解释。

　　前阵子跟人聊什么吃亏不吃亏的，我说女人也不要总觉得自己吃亏，其实很多事情都是两相情愿吧，觉得吃亏的话抽身出来就是，何苦自己延宕自己，最后都成了怨妇。对面人就颇戏谑地瞥我："是哈，你觉得吃亏等于占便宜哈……"那眼神是很轻佻的，直指向男女之事。他的理解完全偏离了我的初衷，也不是我为人处世的标尺。那一瞬间我突然诧异，于是默默不语吃完那餐饭，随你怎么想吧。

那天办公室里几个好古的人从《阅微草堂笔记》聊起，直说到纪晓岚的性亢进，我埋头在稿子里，并没有接话。聊到后来大家哈哈一笑，又各忙各的。身后窗棂开着缝隙，风吹进来，我觉得这样就很好。我的性情或许奇怪了些，有内在的孤僻，会敝帚自珍些别人看来芝麻绿豆的价值，一旦得到，就暗自窃喜。

然而在知道纪晓岚性亢进的典故后，再读《阅微草堂笔记》，看铁齿铜牙之类的电视剧，就忍不住笑，心下又觉得弗洛伊德同志的力比多之说真乃神来之笔，多了些猥亵的乐趣。大学时，很多女生都心水的一个主攻魏晋的老师，一次在课上援引古书，说到"淫"，道那淫字纵在心里想得百转千回，只要不实施出来害人，就不算作恶。当时大家还刚上大学，十八九岁的年纪，一班女生都笑得很羞赧。现在想来，闽南的暮春里，在台上往下望，也算一番景致。

下午跟妈聊天，照样是斜倚在沙发上。她说见我最近太辛苦，要给我些钱花，我拒绝了。又说起她在职场上面临的选择，最后我们说，还是不要，开心惬意大过天。母女俩都很愉快，各做各的去了。有时候看着妈妈的背影，会恍惚，仿佛是看到自己的前生或将来。

这些年来，如果单纯作为一个女人，我最可骄傲的，大概就是越来越确定自己会是很好的妻子和母亲。我相信总有那么个人会懂得我的内敛和放诞，不用我解释，不用我屈曲。

人间路，
依稀少年郎

又看了一遍《倩女幽魂》，粤语版。

从来不觉得王祖贤漂亮，大概是因为在我的审美观渐渐形成之后，伊已经开始衰老，再没有太拿得出手的作品。小学时总跟几个70后的表哥表姐混，理所当然受了许多熏陶，印象深刻的是一个表姐说过：这一批里，虽说林青霞越来越男人气，钟楚红嫁了人，周慧敏、杨采妮都不见了，张曼玉走了气质路线……但最禁不住端详的，还是王祖贤。深以为然——那时候我还在上小学，舒淇等尚未为大众所知，但港片已看过不少。

认识一些70尾80初的男娃子，都以《倩女幽魂》为经典，王祖贤为青春期女神，过去我颇不以为意——但人就是如此，少年时观影读书，带着初生之犊虔敬的心，看见美就更容易接受为美，善就更容易接受为善，且从此以之作为美与善的蓝本，不做太多思辨。在 PS 和整容化妆术并不十分发达的 20 世纪 90 年代，女星多多少少要靠天赋的形塑实打实地夺人眼球，观众也因此善良得多，远没有现今的苛刻。形而下一点儿，也不得不说，在全国女青年都较现在更谨慎地并拢大腿的年代，录像厅的港片适龄男青年们很难不被一个主动投怀送抱又烟视媚行的女鬼形象所打动——保不齐最后被吸尽阳气也觉着风流儒雅是吾师呢。

1987 年的王祖贤让人望一眼就觉得暖玉温香，年轻总是女人最大的资本，何况还有最招男人喜欢的 baby fat，连我看了都心痒，想在那脸蛋和小腿上捏一把。但不知为何，我看过的王祖贤的照片全都粗蠢呆滞，即使是在天涯的专帖高楼里贴满的 fans 珍藏，也不过尔尔，鲜有真的惊艳的，是很烟火气的平庸的好看，也谈不上什么气质。在《倩女幽魂》里动态的她，神色动作也要么太过，要么不及，没太多可圈可点……当然，20 世纪 80 年代的港片有其特有的节奏，不能怪个别演员演技有差池，那彪悍的眼线和眉毛现在看已经让人倒吸冷气，审美的变化早已翻天覆地并越发多元。就演绎一个倾国倾城的女鬼来讲，王祖贤当年的年轻和清纯是称职的，眉眼间的妖冶和空灵却还差了点儿意思，这点在后来的《青蛇》里倒有了很大长进——然而，如在天涯一样，一有谁质疑某女星的长相，就会有 fans 冲出来说"你自己长什么样儿啊"，这种逻辑真是比 1987 年的眼线和眉毛还要彪悍上 300 多倍。

　　1987 年的张国荣一副温润之态，谦谦君子，宁采臣尽管呆滞而啰唆，但难掩深情。在这个年纪看电影，已经抽离又和合，是多年后与初恋情人或者年少时暗恋对象偶遇的那种恻隐的观照。那年自己去影院看《东邪西毒终极版》，身旁两个 90 后小姑娘嚼着爆米花，从头到尾互相解释剧情，但其实根本不得要领。灯亮起来，她们两个拍拍屁股走了，扔下一句"没看懂"……而我一个人坐在那儿，屏息对比着终极版与旧版的不同，捕捉那些鲜亮的色彩，记忆里模糊又清晰的细节，以及每个演员脸上流星般一闪而过的年轻神采。独孤求败向湖中心划过的那一剑，激起的绝不仅仅是银瓶乍破一样的水花。

　　港片是一代人的记忆，我不时会买些八卦港片掌故和香港电影人生平及创作的书，没事就翻一翻，那种感觉踏实而沉静，对这些熟知掌故的人又艳羡又仰慕。或许可以说，一个录像厅时代走来的男青年（现在是中年了）曾以王祖贤为女神，而不是邱淑贞，这已经很令人欣慰——但其实也没什么，邱淑贞在《新少林五祖》里的角色很是让我心爱。其实每个人的青春期都不见得多美好，但至少诚实，好看就是好看，不好看就是不好看，不骗自己也不骗别人，不怕别人的嘲笑也不忌惮什么舆论导向，那颗心是热忱而透明的。好像现在谁一提起"硬汉"，我就想起周润发；谁一说"玉女"，我就想起周慧敏；而至于"帅"或"英俊"，第一反应永远是刘德华……这是骗不了人的，好像胃最知乡愁，每个人的审美都有自己的烙印，关于十三四岁、十七八岁的心灵旅程。

　　所以，有时候心情浮躁，就回去看些港片，《纵横四海》《喋血双雄》《笑傲江湖》《大话西游》《甜蜜蜜》还有"古惑仔"之类。这种慰藉无法为外人道，仿佛看见那个小小的自己懵懵懂懂地跟在一帮 70 后的表哥、表姐屁股后头看录像，打扑克，打着小霸王游戏机，眨巴着空洞的眼睛听他们讲外边的世界，憧憬着电影里跌宕精彩锦衣玉食的生活有朝一日也会应验在自己身上……转眼这么多年过去，当年踌躇满志的哥哥姐姐再想不起太多过往，我像是鲁迅先生笔下那个对一个风筝耿耿于怀的兄长，独自在一个又一个疲惫的加班夜之后，透支着自己的青春记忆。

前阵子在《康熙来了》里面看见齐秦，50 岁，除了黑一点儿，唱歌一股灶坑味儿，其他也还好。据说和现在的女朋友在一起几年了，女朋友也不过 25 岁，还在手臂上刺青了齐秦的名字，很死心塌地似的。当然要提起王祖贤，齐秦说还是会通电话，但已经不是那种关系……这对话的基调和发展都很诡异，最后仓促结尾——真的有人关心故人吗？感情的事，归根结底是他和她自己的事。那些盯着过气明星花边新闻的人，其实更多的是在自伤身世，偷偷为自己的青春谢幕。

如同《大话西游》片尾卢冠廷的《一生所爱》一样，港片、港星甚至粤语，其特有的韵律和节奏，一朝响起，懂的人只需彼此心照，是再多语言也交代不清的。《倩女幽魂》也一样，宁采臣跌跌撞撞地走在山路上，片头曲起，我好像回到了小时候，虔诚地坐在电视前，20 年的岁月是聂小倩的水袖，翩若惊鸿，矫若游龙。那时的我心如赤子，从不忌惮明天，也不恐惧那孤静的前路。

夏洛特
你怎么选

《傲慢与偏见》，科林斯出场。

伊丽莎白理所当然地拒绝了求婚，这一幕真是精彩极了，文字如珍珠一样在奥斯汀笔下跃动，嘈嘈切切错杂弹，银瓶乍破水浆迸。从文字到影像，配合电视剧里字正腔圆的对白，音乐美，建筑美，绘画美，您的菜齐了。

《傲慢与偏见》这一部，我最喜欢的人物是班纳特先生。他的生活被傻逼亲人们紧紧包裹，他只能用一种调侃式的不妥协来度过每一天。一度我以为他不过是个难得糊涂的老头子，这一点儿也不稀奇，刻薄加和稀泥罢了。直到伊丽莎白拒绝科林斯求婚的时候，他坚决地站在女儿这一边，以及结尾他与伊丽莎白说的那段话，令我对他刮目相看。不是每个人到老都能活得明白，很多人反而只学会了文过饰非，越来越糊涂，或索性犬儒，没有热爱。班纳特先生的可贵，在于作为一个男人，他承认自己当初贪一时美色娶错了老婆，以致整个后半生过着煎熬的生活，简直是傻到了极点；作为一个父亲，他清清楚楚地了解每个女儿的心性，客观而默默无言。即使以最苛刻的标准，他依然无法放弃对伊丽莎白这个女儿的偏爱，他很明白她的好。这种自知和知人，实在让人喜欢。

对父母我们不能要求得太多，这与对伴侣不同。班纳特先生的睿智来得有些晚，不然也不至于娶了这样一个老婆，但这是男人年轻时常犯的错误，只不过他碰见的女人恰巧更美也更粗俗，而他本人又太过聪明了。

我没见过几个父母对子女有很客观的评价的，要么太高，要么太低。尤其涉及择偶的时候，更是千奇百怪。有些朋友，我觉得以其性情、智商、人品、长相、才华，都足以匹配很优秀的伴侣，但父母自卑得恨不得到处求人娶走自己的女儿；另一些父母就正相反，把宝贝捧在手心里，以为又帅又聪明俨然明日之星大罗金仙再世，连公主都配不上他。而那人在我眼里不过是一截卷了刃的锈铁。

夏洛特一直是我非常感兴趣的人物。奥斯汀在她身上着墨不多，但她足以代表大多数——形貌平平，家产平平，年纪不小了，有女人特有的聪明或曰精明。这是普通女青年最普通的现实生活。这样的女孩子扔在人堆里不会让人想看第二眼，但也不至于看一眼就倒胃口；男人不会非她不娶，但如果考虑到结婚，也想不出有什么特别致命的淘汰她的理由。

电视剧的处理，是班纳特全家都在为伊丽莎白拒绝了科林斯的求婚而鸡飞狗跳的节骨眼儿上，夏洛特正好来访。得知这个爆炸性的消息，她起初很镇定，因为这在她的意料之中；之后她眼珠一转，计上心来——这个处理也算精彩。

然而没有人真的喜欢看什么大多数，因为照照镜子就 OK 了。一个毫不起眼的大龄女青年嫁了一个神职人员（就跟现在的普通公务员差不离），他们会继承遗产，过着毫不例外的平凡生活——这就是人们看到的。谁去理会夏洛特其实蛮聪明，其实有过挣扎和铺垫？谁去理会科林斯其实是个酸腐到让人不忍直视的男人？没人理会。大家都觉得这组合不错，从某种意义上说，夏洛特还占了便宜。毋庸置疑，夏洛特本人也一定这么觉得，至少她权衡之后，觉得自己和娘家都不吃亏，才会采取行动。

奥斯汀多厉害啊。有什么比一个美丽的、冰雪聪明的、灵气袭人的穷人家的女孩适时嫁给了一个英俊正直深情的富二代更令人想看到呢？何况他们居然还碰巧彼此相爱。这种设置在任何时代、任何文化背景的小说、电影、电视剧里都是不朽的主题。每个女孩都觉得自己独一无二。哪怕嫁不出去，也是奥斯汀那种"老娘压根儿不想嫁"，绝不跟夏洛特一个阵营。

　　其实别人的成功故事并不能证明你的类似案例就一定能得善终。可年轻姑娘还是爱看 happy ending[1]，不只年轻姑娘，每个人都爱看。只不过年轻姑娘的情感代入更直接，而别人可以把感情的成功物化成升职加薪、扬眉吐气，等等。成人的大团圆故事是更复杂的神话，不只满足于一句"王子跟公主从此过上了幸福的生活"。

　　以班纳特太太的资质，除了年轻的时候挺漂亮外，几乎一无是处，能嫁给这样一个丈夫，真是要烧高香。可惜她不这么想。她终其一生也不真的了解自己的丈夫，或者她压根儿就没想了解，否则她不会以为把伊丽莎白嫁给科林斯是明智之举。相伴一生的过程中，夫妻中的任何一方都没法儿独善其身，假如一方 level[2] 过低，纵使另一方是圣人，也实在美好不起来。苏格拉底那样的人物也被后世永远调侃娶了个母老虎，听过其惧内段子的人绝对比好好读他传记的人多。苏格拉底生得伟大死得光荣，但活得大概也挺憋屈。

　　伊丽莎白在舞会上看见母亲和妹妹们的举止，简直懊恼得要昏厥过去。可有什么办法呢？达西先生的可爱，在于把伊丽莎白从中分离出来，他知道她的不同，这爱情可真够伟大的。要知道，即使在今天，也没有几个男人能做到这一点，何况在我国的婚姻关系里，结婚就是两个大家庭的融合，人际关系从来都是一团乱麻。如果你

1　即美好和圆满的结局。
2　意为层次。

凑巧有一帮二货亲戚，那可真够你老公 / 老婆受的，多浓厚的爱意也得被打磨一番。该说些什么呢？自求多福吧。

达西、宾利不常有，即使突然从天而降，那么多年轻漂亮的姑娘都在排队，也没法儿保证会砸向自己。而科林斯这种职业稳定、行为木讷，带着隐而不发的精明算计实则资质平庸却自以为是的男人，满大街都是。夏洛特们该怎么办？她和她们多半都做出了现实之选，看起来也活得不赖。

了解一个男人，
而不是爱上他

　　小时候在外婆家的火炕上，看某个介绍电影的电视节目，张曼玉一身素衣走在深暗的走廊里，身后是对她指指戳戳的女人们——她是不应该有的那么悲伤，那么素净。那些女人才是生活，而她是个魂魄，飘错了时间和地点。

　　突然，她啪一下转过身来，试图做一个狠狠回击的眼神，或是说出一句能令她们赧颜的话。

　　阮玲玉的故事——不得不说——其实并不悲情，充其量就是比较现实。放在其他女明星甚至女人身上，应该不至于死。从张达民出场开始，就是个很张恨水的故事——少爷看上老妈子的妙龄闺女，被家里发现，老妈子和小美女被逐出家门，少爷情意绵绵地给母女俩找房子，给她们支付生活费、安家费……这一过程十分顺畅，并且也看得出来，张达民对阿阮并非没有真情。至于后来同居在一起，就更是顺理成章，虽然这话不甚好听，但逻辑成立——人家少爷是花了钱的。

至于后来张达民沉迷于赌博，不再有钱供养阿阮母女，也在情理之中。所谓纨绔子弟，离了家里的扶持，多半是烂泥一摊。

当然，后来的种种，张达民的所作所为确实令人不齿。然而他的角色设定是个落难的少爷，过不了苦日子的。别人可以去拉洋车，他不行。别人可以去跑单帮，他不行。他既拉不下脸来，也没那个头脑，所以阿阮一红，他就计上心来。在贫困线上挣扎的"精明"人多半都没有什么廉耻，可不到那个地步，谁也不知道自己会不会比张达民更胜三分。

电影里有一出，是勒索了阿阮的张达民兀自在铁轨上走来走去，天色渐暗。当年的吴启华细胳膊细腿油头一梳，的确十足的小开样貌，但是清清瘦瘦也有些惹人怜。少爷当年是有真情的，但是人事无常，有时候人就是如此看见自己向更黑暗处驶去，无能为力。

那些欣赏和提携过阮玲玉的男人按下不表。之后是唐季珊登场。即使在今天，女明星跟富商的组合也是为世人所看好的。渡边淳一的《失乐园》里，凛子去参加书法颁奖会的时候，久木坐在观众席上，望着盛装云鬓的爱人，看那些男人蜂拥在她身边，心里暗爽——因为只有他知道她最私密的模样和心情。大抵男人对女明星的占有欲，也可剪一剪边角，归入此类。

有一句话经常被引用，"去了解一个男人，而不要爱上他；去爱一个女人，而不是试图去了解她"。唐季珊是既有风度又有阅历、钱大把大把揣在口袋里的男人，他了解所有的女人——只要他想；但他不爱任何一个女人。唐季珊开始频繁地带阮玲玉出入舞池时，刚刚被唐始乱终弃的张织云写信给阿阮说："你看到我，你就可以看到你的明天。"但沉浸在新恋情里的阮玲玉顾不上这些，况且谁会在意一个旧人的话呢？

阮玲玉搬进了唐季珊为她准备的大房子。

按说唐季珊对阮玲玉算是有情有义——无论是她的住处，她母亲的生活费用，还是阿阮养女小玉的教育费用，他都承担下来。当然，当时的阮玲玉是全国男人的梦中情人，一蹙眉就能牵动多少男人屈膝来逗她一笑，所以唐季珊大概以为这真是又一桩成功的买卖。

关于阮玲玉跟唐季珊在一起的时候究竟发生了什么不愉快，一直没有得到明确的证实。只知道大概他不专一，或者对阿阮不够用心。女人都应该知道，只要身边的男人给足够的支撑，再彪悍的前任也成不了什么气候，所以张达民蹦跶得再欢，也不至于让阿阮寻短见。至于坊间又流传说当时本来可以及时把阿阮抢救过来，但唐季珊为了顾及颜面封锁消息，于是绕道去距离更远的私人医生处抢救，以至于贻误了时机；又有人说那封著名的"人言可畏"根本就是唐季珊伪造的，因为真正的遗书中写了好些他的不是……个中真伪，就不得而知了。

电影里，阿阮在很绝望的时刻，曾求助于蔡楚生。这一幕像一个拐点，让人以为是一线生机，但转瞬就破灭了。有人要怪蔡楚生软弱了，如果当初他挺身而出，英雄救美，哪怕暂时跟阮玲玉暗度陈仓，她是不是就不会死？

然而女人很爱犯的错误，有两个典型的。首先是哪怕自己相处下来也犹豫的，一旦大家都说不合适，她反倒激进起来，情比金坚地要与之在一起了——跟唐季珊的开始，对张织云信里的警告嗤之以鼻的阮玲玉，就是犯了这个错误；再有，一旦在一种男人身上得不到自己想要的，就马上以为另一种男人一定能给自己幸福——现在很多姑娘一失恋就嚷嚷着"找个老实男人嫁了得了"，正是这一种。

阮玲玉死后，不知是出于道义，还是出于愧惭，唐季珊为阮母养老送终，并始终资助其养女小玉完成学业。但又有说阮玲玉怨念极强，以至于唐季珊的生意逐渐败落，而张达民更是恶疾惨死……我虽不说自己不信鬼神，但在当时的乱世，一切都是有可能的，也没甚好惊诧。

唐季珊的作为，后人自然褒贬不一。有人说他好，毕竟出了钱；

也有人说他不好，不然阿阮也不会死……关于出钱这件事，是男女之间很是迈不过去的一个坎儿，从来就是笔糊涂账——比如张爱玲和胡兰成那一对，开始的时候，公务员胡兰成看了张才女的文，就又是写信又是登门，这其实很像网友见面，颇为不正式。第一次见面，张爱玲送胡兰成下楼，说了那句著名的"因为懂得，所以慈悲"。然而她终究没有慈悲到底。

在什么书上看到，张爱玲或要逃去香港，或有别的急用钱的时刻，胡兰成速速就提了一箱子钞票来送她。但凡对两人恋情有任何怀疑的女人，在这样的关键时刻，一定是铁了心要跟这男人一辈子的了——钱在这个时候，价值可以放大一万倍。

至于护士小周、房东太太和后来的这个那个，彻底让张爱玲寒了心。她千里迢迢去探望胡兰成，与他寒暄了一上午，直到胡当时的女人回来了，胡劈头便与那女人说：我胃痛。张爱玲登时明白，他的心已不在自己这里，她成了一个外人了。

于是张爱玲也不再慈悲，而是直接要胡兰成做个抉择。但胡兰成却坦然不接这个烫手的山芋，认为并没什么可拣择。这一折，用出世些的角度想，是胡兰成的个性使然；然而站在张爱玲或一个女人的角度上，都会很想劈头盖脸暴打胡兰成一顿……《滚滚红尘》中的林青霞探了落难的男人回来，听闻他把从前昵称她的名字用在旁的女人身上了，就与闺密说：良心都让狗吃了。

在那个时候，我相信张爱玲是不稀罕那一箱子钞票的。男人爱你的时候，沉默都是爱意；不爱你的时候，连钞票都只是钞票罢了。

大学时，我买了胡兰成的《禅是一枝花》，断断续续读了很多年。《禅是一枝花》里解公案提到三祖僧璨大师的《信心铭》："至道无难，唯嫌拣择。但莫憎爱，洞然明白。"不知下笔到此处的时候，胡兰成心里在想些什么。

我当然知道什么是正确的，
但那太艰难了

当火车、电灯依次在《百年孤独》里出现，当奥雷良诺们开始制造冰时，我渐渐厌倦了书中的世界——相较而言，我更喜欢看霍塞·阿卡迪奥·布恩地亚那些异想天开的创业故事，以及失明却敏捷如神话一般的乌苏拉。这大概也是为什么我从不想在书里读到中规中矩，只爱荒诞不经，离奇的人生，魔幻的归去又来，乌托邦，处处暗含机锋的令人费解的对白……当我只能一步步丈量平凡的生活时，我在书中找寻的就不再是一双合脚的鞋子，而是飞天魔毯。

《百年孤独》读到一半，脑中总闪回阿玛兰塔这个人物。在我已经读到的章节里，她还没有死，只是老了，形容枯槁而干瘪——又似乎老人都只有这两种命运，要么凋萎，要么胖得像被气吹起来一样——然而，阿玛兰塔总归是要死的。

阿玛兰塔几次站在幸福的门外，只消轻移莲步便有唾手可得的安稳日子，然而她没有。这并不是出于一种对爱人的恶意的折磨，而是对自己的巨大的不信任感，以及对幸福的不安全感。赫里奈多·马尔克斯老死在休养院里的最后几年，终日只呆坐着回忆阿玛兰塔年轻时的容颜，而早年那个会调自动钢琴的小伙子更是因为她的拒绝就此了断性命……我们不得不相信，阿玛兰塔也爱过他们。但她硬是以自己在对幸福的追寻和胆怯的两极中摇摆的人生观，选择了万劫不复的孤独。

这让我想到《海上钢琴师》中的 1900；《肖申克的救赎》中坐了一辈子牢，终于出狱却马上自杀的老头儿以及《闻香识女人》里的阿尔·帕西诺："我知道什么是正确的——在人生的每一步，我都知道；但每一次我都走向了反面——为什么？因为那太他妈的艰难了。"

平凡生活是最艰难的，其中带着一种慢性自杀似的惰性，让你迷失方向，甚至干脆放弃找寻方向。死亡比挨过漫长的病痛更容易，死亡比在困窘中挣扎更容易，死亡比长久地与自己对峙更容易。分手比在一起更容易，恋爱比婚姻更容易……在葡萄架下，阿玛兰塔绣着花，心爱的男人忠诚地蹲在她的脚边（这一细节是我自己想象的）——如果爱情有一张天使的脸孔，阿玛兰塔和她的男人一定都能看见那天使在笑了——可她还是拒绝了。这种对平凡的、市井的婚姻生活（大而化之，即对正常人生轨迹）的恐惧，紧紧攫住了她仓皇又缓慢的一生。

晚年的阿玛兰塔开始坐下来安安静静地为自己织裹尸布。我不得不联想到身边的一些人。比如那些姑娘，得到一个真心对自己好的男孩，会忍不住一再试探对方的底线，以证实如果这是确凿的爱，就可以无限包容；又比如多少小男生以为主动的姑娘就是不值得珍惜的，因为她们一定对谁都一样主动，显得轻浮。最终，当姑娘们抹着眼泪说那男人怎么不要我了，再也没人对我这么好了；男人则攥着酒杯皱着眉头默默不语……我知道那无关是否珍惜，而是一种对待感情、对待爱人的畸形方式，一种自毁情结。好像糖果就放在抽屉里，它本来就是给你的，你也非常喜欢吃——可你拉开了抽屉，与糖果对看，却死也不拿来吃。最后任那糖果变质了，你也掉下眼泪来——这眼泪甚至也不是因为愧悔，而是因为对自己居然永远无能为力。又或者，根本就不该拉开那抽屉。

其实人的一生，真正合适的对象，真正有幸福感的瞬间，配额该是大体相当，谁也不会更多，谁也不会更少，全在一念间。因此，如果恰好有这样一个人，他愿意与你一同挨过这漫长的黑夜，也愿意倾听你的满腹牢骚，而你需要做的，只是拉住他 / 她的手，别让他 / 她扑个空——那么，为什么不呢？

阿玛兰塔一生都戴着遮掩烫伤疤痕的布条，那是让从战场上归来的奥雷良诺上校为之惆怅的布条。其实戴在腕子上还算好的，怕的是入骨入皮的金镯。

不如与我，
相逢一笑

　　大学里为了应付考试选修太极拳和太极剑的家伙，而今早已各奔东西。我大概还零星记着些动作和掌风，但摆开架势打一套已经是奢望。晚饭后走在河边看老人家仙风道骨地打着太极，清风徐来——我喜欢此中有真意的沉默。

　　大概每个人心中都有过一个流浪的梦，抛弃一切抽身而去，步履间只起伏关于未知的尘土。《奇风岁月》中提到小男孩的灵性或曰魔力会在岁月中消磨，其实对岁月流逝、青春不再的惶恐，每个人在每个年龄段都心有所感。古往今来，多少人为了长生不老的梦前仆后继，访士、炼丹、修仙。踏遍青山谁没老，人间正道累死人。

陶渊明写："久在樊笼里，复得返自然。"对于语言上不太漂亮的诗文，我总是欣赏不来——由此可见我的确比较浅薄。逍遥游对每个个体都绝非易事，何况久在红尘里翻滚，往往发现并非樊笼在圈套你，只是你已融入凡俗的热闹之中，像水在水中，不露痕迹。郭大先生写过一句话："我一直信奉知白守黑的道理，人的本质是莲花，不能脱离污泥，而必须要出污泥。"每当不知如何是好的时候，我就想起这句话，像在阁楼里收藏了一件瓷器，睡不着的夜里反复摩挲，等待天明。

小时候，父母以为武侠言情漫画都是毒草，严令禁止，只许我读名著，所以我错过了肆无忌惮做梦的最好年景。等有钱有闲有自由的时候再读，味道已经不对。而今的我认同：假使无人为我、要我分享与分担琐碎的生活，是一件哀戚的事。在几年前，这是完全不可想的——那些为了一个人、一段情、一个机会就能扔下一切远走高飞的年轻时代。

即将告别一个人生阶段的人总以为自己正站在悬崖上，或悲哀或悲壮。其实只消向前走，还有条条大路，也还有无限风光的下一座险峰。

王小波在《黄金时代》里写："放声大哭从一个梦境进入另一个梦境，这是每个人都有的奢望。"千江有水千江月，万里无云万里天。在红尘，便爱红尘；在深山，便爱深山。不必怕做梦，也不必怕梦醒。万物有生有灭，哀而不伤——如前所说，我喜欢此中有真意的沉默。

你有没有看见过
卸去一面墙的房屋

　　这几年陆续读严歌苓，一开始觉得惊艳，读多了也就昏昏沉沉。前几天跟朋友谈起，说最喜欢的是《小姨多鹤》里的朱小环。严歌苓也不掩饰对这个人物的偏爱，在小说的最后几乎扭转了整个叙事的重心。我喜欢朱小环，是融合自身做了 30 年女人的见识，是对触及生活坚硬内胆的、巧妙而又勇往直前支持一个家庭默默向前的女性的理解和致敬。这就像天下的女儿们看母亲——突然从什么时候开始，就从一个唠唠叨叨的所在，变得可亲可感可敬可爱又最难割舍了。

　　只要有意愿，女人和女人很容易成为朋友，因为她们有天生的相知：看一眼衣服鞋子就大概知道她的喜好是什么路数，三言两语又探出三五分底。奥斯汀、亦舒、严歌苓的书，是大多数女性喜欢的，因为写的都是她们自知或不自知的心思，有聪明，有精明，有勇敢，有慈悲，也有怨怼。一旦年纪渐长，又对这些女人书提不起兴致来了，因为自己已经觉醒，不再需要她们的提点了。

10 年后重读《长恨歌》，只觉得是一本全新的书了，过去的记忆都重建，变成亭台楼阁，每个细部都俨然，人走在其中要大吃一惊。江南园林的移步换景，在阅读中则体现在时间的维度上——书还是那本书，读者却不再是当年的读者，世易时移的微酸和甜蜜。这也是读书的乐趣之一。

今天黄昏读到程先生之死，章节题目是"此地空余黄鹤楼"。被章尾的一句话击中，长久地沉浸其中，不愿出来。就想 10 年前对这部分毫无知觉，那时候真是小孩子的心。

你有没有看见过卸去一面墙的房屋，所有的房间都裸着，人都走了，那房间成了一行行的空格子。你真难以想象那格子里曾经有过怎样沸腾的情景，有着生与死那样的大事情发生。

开头的一个"你"，是作者在跟读者说话了。倾诉的欲望不可抑制，是喷薄出来的，女人压不住的情感，如泣如诉，如琢如磨，你想听不想听，她都要说，以至于你听不听都无妨了。我觉得王安忆写到这里是动了情的。

严歌苓文字的通透和聪明，是让人又喜欢又容易厌倦的，因为其中有市侩和算计——不是看不起市侩和算计，而是每个人身上都有这些，就一边觉得亲切，一边却要看轻，觉得大家半斤八两，没什么了不起。而王安忆的细腻和絮烦，是对一城一地一人深深的沉浸和爱意，把看客排除在外，是她自己的事。前者活在现实里，可以如鱼得水；后者活在审美的臆想里，只供荡气回肠。

把严歌苓的文字和王安忆的文字各幻化成一个女人，等这两个女人都老了，前一个女人拉着你的手聊家常，说一生的故事，有爱有恨有声有色，跃动的画面感哗啦啦从眼前驶过。她总是在说总是在说，有未竟使命似的。后一个老太太只过一个人清寂也悠然的日子，进进出出从不多话，好像可以仙人一样千年万年地这么过下去，又好像夕死可矣。她把过去都藏起来，不说一句是非。

无意中看到王安忆关于《长恨歌》的自述：

> 我被自己所感动，程先生身体落地后的那一节，我至今能背诵出来："你有没有看见过卸去一面墙的房屋，所有的房间都裸着，人都走了，那房间成了一行行的空格子。"故事到这里似已倾向终止，事实上，我的目标还未抵达，于是，重振旗鼓，再向第三部进发，是第三部里的情节决定我写这个小说……

记得更小的时候读王朔，有人问他怎么写故事只写一段，没有结局似的。他大概说觉得写一段刚刚好，不必非写满了。我非常同意——写故事，没必要新闻报道似的剥洋葱，只要作家对自己有交代，对读者自然有交代。

女人写女人，或被讥讽为看不清本质，不如男人写得香艳可感。但唯有女人写女人，是连着筋骨的，疼痛舒服都可互通，不必太多废话。这就像一个女人的男人和闺密争起来，说谁对她最了解。谁对她最了解呢？男人的了解是男对女；女人的了解是自己对自己的感同身受，虽然狭窄，但最真切。

等我老了，也做个安静的老太太，回忆都隐在皮肤的褶皱里，谁也拿不去，它们比我更安静，也比我更充实。

世界上
最疼我的人

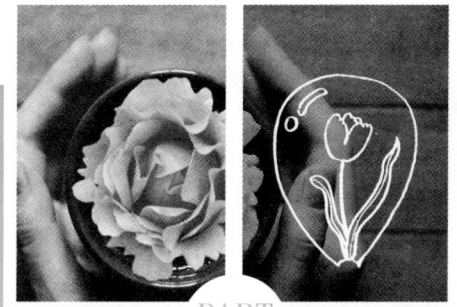

PART
6

在真正的感情面前，我只是一个笨嘴拙舌
的人。我会想，如果我是母亲的那个角色，一
定已经心碎了。但那个真正的母亲，却使尽浑
身解数去悦纳女儿自己选择的生活方式

奶奶

昨晚去看奶奶，父母先到，我耽搁了一会儿，下车才看见两个未接来电，都是父亲的。

在大房间里跟奶奶、叔叔和婶婶聊天，母亲说，奶奶着急了，一直问怎么还不来，天都黑了，所以催促父亲给我打电话。

后来奶奶问我，你们社出过《千字文》的解说吗？我说不大清楚，应该有的，回去问一下。她饶有兴味地把我引到她的小房间里，步履有些蹒跚，走得很慢，径自在黑暗中摸到开关，点亮了暖黄的小灯。我说奶奶要找什么，我去拿。她说不用不用，你找不到的，然后施施然不知从哪里摸出一本小册子。我凑过去看，见封面上写着《宣传孔孟之道的几篇文章》，又有手写的小字——"供批判用，阅后收回"。

她打开给我看，开篇是《三字经》，后面依次有《二十四孝图解》《群贤集》，等等。奶奶指着那些比宇宙洪荒还要古老的字页，说："我翻出了这样一本书，也不知是谁的，觉得很有意思，我现在读到这儿了……有点儿不明白……'辰宿列张'里的宿，是该读'xiù'吧？"我说是。奶奶兴味很浓，说文言文就是简洁流畅，读起来舒服。我也附和，并答应回去一定帮她找来详尽的解说。

我不记得见过奶奶生气。只有一次偏巧我在，那时候爷爷已经不在了，有人到家里来查电表，把爷爷名字里的"尧"字误作了"龙"。奶奶有些光火，跟那小伙子说，我跟你们说了多少遍了，是"尧"不是"龙"！"继尧"这个名字是有说法的，你们要尊重！那小伙子自然是爱理不理，说老太太气什么，我改了就是。后来奶奶自己进了屋，一下午都没出来。

爷爷在那年冬天不慎摔倒之后，身体每况愈下。卧床十年，又中风，别人一听不懂他说话，他就发火。奶奶始终每天把三餐分出小碟，给爷爷端到床前。晨洗夜漱，从不懈怠。出外散步，爷爷向来西装革履，衬衫、领带、围巾、礼帽，样样不少，仿佛民国的绅士，其中有多少艰辛，不在话下。

爷爷好写大字，居室里挂着《陋室铭》。爷爷写字时，奶奶便在一旁研墨。写完了，两人再一起研究这幅字的得失。不出门的话，就打打牌、下下棋。一次奶奶说，你爷爷打牌打不过我，因为我记性好；可是象棋我下不过他，因为我没有全局观。

爷爷走的时候，奶奶不在身旁。大概也是叔伯们特意不让奶奶见证那一刻，怕她承受不住。得到爷爷仙逝的消息，一向沉着的奶奶一时恍惚，不停地推搡妹妹，说，快去送送爷爷，他腿脚不好……他说话不清楚，你们都听不懂，但是我懂，他说他很累。

爷爷走后，我们从来不敢在奶奶面前提起爷爷。据说爷爷的遗像也是几次被叔叔藏起来，又被奶奶找出来，重新焚香供奉。后来一次去，遗像不见了，也不知其中又有怎样的曲折。

爷爷走后第五年，儿孙聚齐去扫墓。奶奶第一次去了爷爷的坟冢。我们悉数跪地，奶奶从口袋里掏出一份手写的悼词来，有几十页，两面都是笔记。她开始读起来，声音轻微。悼文中追忆了两人一生的过往，奶奶旁若无人，唯有纸钱燃烧的噼啪声为伴。

我心里空空的，不敢直视。有一段，似乎是记录两人人到中年，孩子都还小，爷爷调了工作，每天须晨起晚归。奶奶说："继尧啊，当年你辗转于两地之间，终日劳顿，盖因正值壮年，不觉疲倦，而我黄昏坐在门槛上等你，见到你骑车回来，总万分雀跃，内心却也十分怜惜。"

爷爷住院的时候，自知时日无多，曾把学医的父亲叫到床前，问自己的病情。父亲不敢实言。爷爷说，不要瞒我，我自己也知道。于是开始交代事情。爷爷说，其实大姐跟你们不是同一个母亲。全家哗然。原来，爷爷在乡下原有一房妻室，生下姑姑。后来那个村子闹了瘟疫，死了许多人，爷爷带着姑姑逃到城里，读书，工作，结识了在女高读书的奶奶，又成了家。这个秘密居然瞒了50年，奶奶如何把姑姑视如己出，可见一斑。而奶奶当年为这桩亲事又付出了多少，就无人知晓了。

一次奶奶跟我说，胳膊上长了老年斑，真不好看。我就留意给她买了一瓶祛老年斑的药膏。她很开心，要付给我钱，我当然不要。她说，不要紧的，我有钱。说着在抽屉里翻出一个小本子来，让我拿着，又去柜里掏钱。本子非常古老，我翻开，原来是账簿，全是"今日，酸奶9元、药品10元"之类。又从反面翻起，内容就完全不同。

一篇算是近作的，大概是这样写的：

继尧，昨晚梦见你。我一人走在雪地上，四面肃杀，非常沉静。你从旁边走来，牵我的手，我们同行。

走了许久，你说，家里好？我说好。

你又说，孩子们都好？

我说，都好。

你又不言声。我不敢说话，怕说了你就要走。

又走了许久，你说，你好吗？

我说，我很好。

你笑，转身走远。

我伸手拉你，猛然惊醒，早已泪湿枕巾。

读到这里，听见奶奶的脚步声，赶紧合上本子。她给了我两张零钱，把本子拿过去，正面翻开，又记下了一笔账。

奶奶越老与我越亲，我不去，她就要念叨。见了我，就怪我又减肥，不吃饭，叮嘱父母要关照我吃饭和早睡，工作无须太拼命。又经常关心我的婚事，知道有了人选，就担心对方不牢靠；没有人选，又担心我寂寞。于是安慰我，说缘分还没有到，又说没人配得上我，仿佛我需要等待我的达西先生才是。

昨晚她先和我谈茶的好坏，又拿出《黄帝内经》来，说听说最近炙手可热，是不是真的？我说是。她就跟我讲起来，最后说，内经里讲万事万物要顺应天意自然，女子豆蔻就该婚配，二八年华即可生子，现在虽然做不到，可你为什么还不找男朋友？我说，奶奶，我没有要忤逆天意，可夜观天象，上天没有给我旨意，我怎么找男人啊？这无稽的话一出，我和奶奶都笑了。

恋父者说

　　大概是父亲节的缘故，电视台放了《阿郎的故事》。小时候看过的电影，就像小时候住过的房子，回去看，怎么都觉得粗糙，可潜意识里也清楚：没错，就该是这样的。电影里突然闪过的台词和细节，让人暗暗惊奇，一切都变了，它还在那里。

　　我边看边想，每个男演员都该好好选个剧本，演一次父亲。跟萍水相逢的爱情比起来，血缘的父子、父女之间的琐屑生活更能直指人心。女人天生的母性使她为孩子做出什么都不足为奇，而父亲不一样。男人本质上都是孩子，一旦失去距离，这世界上就根本不存在那个你顶礼膜拜金刚不坏的大男人。让男人成长的最好办法，一是到社会上去历练，要么成为一个钻营之辈，要么见天只能忍辱负重；二就是让他做父亲，从此在粗拉拉的胡楂儿里生发出本真的关怀和恩慈。

有个女儿最好。我总觉得女儿能最大限度地激发男人的父性，家有女儿的父亲都又神气又温柔。男人爱女人，要么是儿子对母亲，要么是兄妹姐弟，要么就是男女之情，这几种情感都不同。而女人爱男人，总是对父对兄对弟对子的结合体。所以男人有了女儿，就又有了新生。

徐静蕾和叶大鹰的《我和爸爸》，我一度也很喜欢。喜欢这样浪子回头的故事，男人因为老了累了或有了女儿而回了家，从此安定下来。女人恐怕穷尽一生也改变不了自己的男人，而他的女儿可以。大概男人能从女儿身上看见对女人的亏欠，这是来自又一世的救赎。

我父亲从来待我好，或者说，待我最好，我妈也不及我。就在这个当儿，他还在厨房给我烧鱼。不过他从来就是好男人，没有救赎之说。我得到的爱从来太多太多，常常自觉承载不起，因此总鞭策自己要更努力，更听话，更令父亲眉开眼笑。不知这种父亲对女儿的反作用力是不是普世的。坦白地说，也很累人。于是反观父亲为我做的种种，更惊叹为人父的诸多艰辛。

爸爸的爱

　　小时候的冬天，爸穿着黄褐色的半长毛呢大衣，载我在老式二八自行车的后座上。每逢考试成绩不好，望着爸后背上白色的汗渍，我都恨不得跳车自尽。我家住得偏僻，沿途要过六条铁道。小学三年级开始自己骑自行车上学，一直到初中毕业。刚开始骑自行车的时候，爸陪着我，每到铁道，爸都说："看好啦！"然后极谨慎地先骑过去，每一下运作都带着解说。到前头停下来，回头望着我。起初我害怕，摔过几次，于是站在路边红了鼻头。爸问是不是摔坏了。我倔起来，不回答。

　　直到现在，我依然会梦见那些冬天，我摔在冰上，默默爬起来，爸满眼的担心，我都说没事儿没事儿。后来爸似乎也习惯了，我摔了，他就笑说女儿当儿子养了，禁打禁摔。我乐于听爸笑话我，不愿他为我担心。高考之后的谢师宴上，爸致辞的第一句就是："我姑娘这么多年不容易……"我的眼泪唰地就流了下来。

爸经常会突然关心起我的婚事来，嘟囔说越老越想找个女婿陪他喝酒聊天。我装糊涂，说："爸，我陪你喝。"爸一边摇头说："那不一样，那不一样。"一边已经斟满了酒盅。酒过三巡，爸就语重心长地说："你得找个人照顾你呀……要不，要不，你现在年轻，不觉得什么，老了怎么办？"我说："爸，还早呢，不说这个。"爸就满饮一杯，说："不早啦，你不找个好人，爸将来闭不上眼哪！"每当这时候，我都强忍住眼泪，也干一杯，不说话。

我仍期待
无限可能

　　早上用新买的粉底给妈化妆，伊说从前不知道粉底是要先挤在手背上暖了之后轻拍在脸上的，也不知腮红原来这么好用——我一贯嫌她的粉底太白，她又嫌我的步骤和讲究太多，于是从来都是各顾各。今天她很惊奇于自然色粉底的贴合和遮瑕力，又头一次领教高光和阴影的好处，睁大眼睛在镜子前站了好久。

　　每当这样的时刻，我就忘了跟妈的那些龃龉和不快，会有点儿不敢想自己有一天会再离开他们远走。人无时无刻不在枷锁之中，这个枷锁，多半是来自自身的矛盾和压力。热爱自由如我，野心勃勃如我，惧怕束缚如我，其实有多么爱暖洋洋的家庭生活，只有我自己知道。

女人想有一个归宿，是人之常情，抛却经济的稳定不说，至少对大多数女人来讲，有个男人在身边，总是达到了比孤身一人更好的平衡。从前有个男人跟我说，他很欣赏已婚女人的状态，因为伊们一定有未婚女人没有的从容——我很相信这话，后来也的确留心观察这细微差别，果真如此。常见的是女人在外受了什么委屈或愿望得不到满足，就在众人面前打电话给老公诉苦。或有已婚女人低调地戴一条白金手链出来，bling bling 闪个不停，等人问她的时候，就可以淡淡然说一句：纪念日我老公买给我的。

稳定的婚姻是一种世俗化的信仰，是一个寄托、一根稻草。对女信徒们来说，老公该是睡在身边的上帝——至少该有点儿神力，所以对配偶的各方面严格筛选要求，都是常理。前几天有同事问我说："×××刚结了婚，买了房子又有车，过得很好，化妆品、衣服、鞋子都有老公埋单，都是同龄人，你不羡慕吗？"

我还真仔细思考了一下，很诚挚地说："还好吧——伊本来是个美人儿，结婚那天笑得花儿一样，真是漂亮——我羡慕她得到了内心所想，至于其他，倒不挂在心上。"

女人跟自己制衡的方式与男人不同，婚姻是很重的一个筹码。但我怎么想来，都觉得自己不是能在婚姻中找到平衡的人。我自身有太多的矛盾和不安，不知何时才能解决。如果解决不了，再好的男人也没法儿让我做一个称职的妻子。过来人告诉我或可边谈恋爱

边改变自己，渐渐就安定下来。这正是我惧怕的——我不以为自己
深藏的固执任性那么容易被改变。倘若有一天我还是决定忠于自己，
感情就成了巨大的枷锁，必然要被辜负。与其当一个罪人，不如两
袖清风，总好过画地为牢。

　　我始终在寻找与自己制衡的节点，许多时候以为握在手里了，
结果瞬间又跑远得看不见。这倒并不多让我为之苦恼——生命本该
像大河远去，我期待无限的可能。

江城子

十年生死两茫茫。

不思量，自难忘。

千里孤坟，无处话凄凉。

纵使相逢应不识，

尘满面，鬓如霜。

——苏轼《江城子》

出门去看奶奶。

室温不高，奶奶怕我冷，拿自己的大件毛衣外套给我穿。藏蓝竖纹，高高的垫肩，包金边的圆扣子，西装领，是很 20 世纪 80 年代的风格。我穿了就不想脱，说很暖和。奶奶也高兴，说："喜欢就

拿回去穿吧。"婶子在旁边说："这毛衣你奶奶平时都不拿出来，20
年前你爷爷给买的。"我踌躇着要脱下来，奶奶阻止了，是真心要送
给我。

奶奶的书架里有许多 20 世纪六七十年代的绝版书，全都用旧挂
历的硬白纸包了书皮，非常金贵。从小每次去奶奶那儿，我都忍不
住把这些书一本本拿出来摩挲，有高山仰止的味道。先前几年，奶
奶从不提送书给我，近来却总主动要我挑几本拿走。藏书是最没用
的，不过两代定会流散，这正是奶奶在体会的世事虚无。我知道她
的用意。

我不想奶奶想这些身后事，于是也不提拿书。奶奶慢悠悠地走
过来，手指停在一本《周汝昌点评红楼》的书脊上，问："这本是你
中学住这儿的时候天天睡前读的吧，书页都翻烂了，后来我又粘上
的。"我很惭愧，点头称是。可奶奶似乎并没有怪我的意思，说："你
还翻烂了《聊斋》和你爷爷最喜欢的那本《狐仙传说》，是吧？"说
着就笑了，也不等我回答。

奶奶问我要拿哪本走，我哪里好意思说都想要，只好支支吾吾。
她于是点到一本《词综》和上下册的《唐诗别裁集》给我，说："这
个拿去吧，竖版繁体的，我眼睛不中用了，不能再翻了。"我如获至
宝地捧过来，看版权页，中华书局，上海古籍，都是 20 世纪 70 年
代的书。奶奶走回沙发前缓缓坐下："与其以后被烧了，还不如送
人，你再要什么，都拿去。"

　　屋里没人的时候，奶奶见我感冒又犯困，垫了个枕头在沙发扶手上，让我睡一觉。我歪在沙发上，不真的睡觉，跟她聊天。奶奶问："有男朋友了吗？"我说："还没。"又问："没化妆？"我说是。奶奶从抽屉里翻出一张去年她生日时照的全家福，说："这张人很全，17 个，都到齐了。"说着又找出放大镜，一个个人头点过去，说："你看，还是你最好看。"我说，真漂亮的话，怎么都没人要，还是丑。

　　聊着聊着，奶奶过来翻我的裤腿，见穿了几层，就很满意。她说："年轻就是不知深浅，我年轻的时候也爱臭美，上身棉袍，下身半截毛裤，穿丝袜。脚都冷得生了冻疮，还不穿棉裤。"我惊叹那时候就有丝袜了，奶奶笑话我孤陋寡闻，得意地说："当然啦，你以为丝袜是高科技的发明吗？"于是我想起冰心对那些 20 世纪 80 年代自以为领导性解放潮流的女文青说过"你们这些都是我们五四青年玩剩下的"之类的话，觉得奶奶可爱得像个 16 岁的少女。

　　奶奶见我不睡，就问我最近还失眠吗。我说还好。她说她常常晚睡，人老了没那么多瞌睡，晚睡也是躺着干瞪眼，就背诗。我问她背哪些。她说："说了你都想不到，《三字经》《千字文》，唐诗宋词，就是最小的时候背的那些。现在短期记忆不行了，反倒是小时候的事记得最清楚。可小时候的人呢？都死啦，就剩下我啦。前几天他们给我打电话，说李老师出来聚聚。我问，都有谁啊？他们说，几十个人，现在就剩下十几个了，都死了。我说不去，不想去。我已经俩月没下过楼了。"

临走奶奶找个袋子给我，装了三本书和毛衣。我推说毛衣留着给她穿，很暖和。奶奶更高兴，反复说："我说很暖和吧？都20年了。"我还是不拿，她又问我是不是嫌样子旧，我说不是，样式很复古，反倒时髦了。奶奶乐了，说："我也说，这种样式，就叫作经典。"最后还是给我装上，叮嘱在办公室里穿，护好颈肩。在门口告别，我边下楼边叫奶奶关好门，别着凉受风，可奶奶还是倚在门框上目送我，说："你的书出来，送我一本，我一定看。"

回家的路上略算了算，爷爷已经离世整10年了。

奶奶的
压岁红包

正月初一就该去看奶奶，但老钟头儿值班，于是改了初二。叔叔一家都去串亲戚，奶奶自己在，一进门就拉了我的手一同坐在沙发上。偏偏我坐不住，没一会儿就黏上奶奶的书架，发现书又少了。奶奶说："你喜欢，以后都是你的，反正他们都不要。"

我有点儿挂不住，抹抹自己的贪婪嘴脸，胡乱谈着一些书的版本。奶奶指指书架一边立着的睫毛膏盒子，说："你妹妹昨天放在这儿的，说等你来了给你……都是外国字，也看不明白是啥……盒子旁边那个红包是我给你的压岁钱。"

父母都推辞，说上班都几年了，还压岁钱？

2008年是我平生第二个本命年，先丢了钱包，又丢了手机。丢掉的钱包里有个夹层，放着我恋旧成性的种种凭证。其中一个红纸包，用毛笔写着我的小名：芳芳。那是我从南方回家的第一年，奶奶把这个红包一直留到正月都快过完了，才盼到我回家。

父母都去做饭的时候，奶奶拽着我的手，问："我听说你处了个朋友，是吗？"

我打个哈哈，想岔过去，奶奶就笑，说："你是不是不真心跟人家处啊？"

跟周分手后，奶奶向来怕我一蹶不振——可后来看我天天喜气洋洋，却又不找男朋友，所以我的感情世界在她心里，大抵是个谜团。

奶奶这么一问，也把我问笑了，回答："哪儿有？我可认真了。"

奶奶又问："那……跟你之前那个比呢？更好吗？"

这问题难住我了。否定过去跟肯定现在，未必一定要相对而出。我含糊地点一点头，迎着奶奶狐疑的目光，很肯定地回答："是啊，他很好。"

大概说了说郭大先生，奶奶点了几下头，说："你们很投缘吧？

谈得来？"

我如释重负，应下来。奶奶又问："他情绪化吗？很随性吧。"

奶奶真是神了。

最后，伊轻轻拍了我的手："慢慢来吧，别着急，时候自然会到。"

吃饭的时候，奶奶回想年轻时带学生去煤厂帮忙，任务结束，学生呼啦啦作鸟兽散，她一人从郊区走回家，深夜两点才进得家门。爷爷看见她的狼狈相，大笑不止，赶紧焐了热毛巾给伊擦脸……这种男人的豁达和温存，我想伯父、爸、叔叔，都得了真传。她又说起她读不了书了，说话间凑近了让我端详她的眼睛，问："是不是不透亮了？"我两难之下，她自己圆场："我双眼很混浊，老毛病。我要保护我的眼睛……我瘫痪也不怕，就是不想眼瞎。"

跟妈去另一个房间，耽搁了一会儿，奶奶踱过来，歪着头倚在门框上看我们。其情其景，让我想到伊年轻时候，大抵聪颖跳脱得像《围城》里的唐晓芙。

回家后翻包看见奶奶给的红包。100块压岁钱。红包纸照样是塞进了钱包，虽然这次不再写有我的小名。

别怕，
走!

正月十五百步走。晚饭后跟父母到伊通河边看烟花。"淮海战役也没这么热闹!"老钟头儿很是激动。我最怕爆竹，要么贴着墙边不敢向前，要么小碎步在冰上疾走。老钟头儿一边笑话我，一边对我妈说:"妈附在我身上了。"

我跟妈都一惊，当然也知道他说的是离世多年的姥姥。姥姥、姥爷从农村搬来城里，跟我们在一起生活了十几年，直至寿终。爸从不曾跟岳丈岳母起过任何冲突，比生身父母更珍重几分，这是父亲给我的山一样的教诲。

此刻老钟头儿就这么站在河堤上，笑盈盈地盯着妻子，慢悠悠地叫着妈妈的小名："正月十五啦，他有没有带你出来走百步哇？"

语气和眼神都极慈爱。我鼻子突然有点儿酸。爸又接着说："你要好好跟着他走啊……不然我就把你带走！"

三人都笑。近处又传来一声炸响，我浑身一凛。老钟头儿转向我："别发啥兔子愣！走！"说罢扯了我的手，啪啪就朝前走去。我又赶紧拽了妈，三口人连成一排。我还犯着傻，问老钟头儿："我姥……还在吗？"爸大乐："在在在！你想问啥？"我居然挺雀跃："她有啥话跟我说吗？"老钟头儿像煞有介事："没啥，就一句——别怕，走！"

到家门口，我盯着老钟头儿看，他一双眼都笑成了缝儿："你姥回去啦，她说年过完了，孩子们都挺好，她放心啦。"一边说，一边掏出钥匙开门。

夫妻之间

今早吃饭的时候母亲跟我说些事，说着就要掉下眼泪来。说父亲种种不关心，不知是老了还是怎么，心中不装事，不顾及别人的感受……我附和了两句，但心里觉得其实没有那么严重。父亲是典型的北方男人，没太多甜言蜜语，但心中是有妻儿的。母亲当然也知道这点，但女人不管多大年纪，总是需索更多的疼爱和关注，她的抱怨也非常合理。

现今的我几乎成了家里身体最不好的人了，每天吃药吃药吃药，我知道父母对我很多迁就和疼惜，事事都为我着想。然而我究竟也做不了什么，况且最近也是忙，看样子一直到年底也未必能好些。母亲眼圈红了，说没人关心她，我也很理亏。她生日那天，说星期三要去医院做一下脑CT，看看为什么总是头疼。今天是星期三了——这件事我是记得的，但印象的确不很清晰——而父亲彻底地忘了。母亲因此更伤心，说她说起自己不舒服的时候，孩子还会要她去医院看看，或者陪她去医院看看，丈夫却总是一言不发，连句安慰的话都没有。

父亲就是这样，并不是他不在意。我认识的许多男人对女人的好，不是我给你洗脚、洗衣服，嘘寒问暖、无微不至，而是带你吃好吃的，在你面前不过多说自己心中的难过，或者给你买个你一直喜欢却舍不得买的奢侈品，或者狠狠回击那些欺负你的人。在一起做了快30年的夫妻，日渐老了，谁心中不装着谁？只不过他不懂得说罢了。

当然，我也是个病号，我知道病中的人要得更多，要更多陪伴，更多询问，更多温度，哪怕能轻握一下手腕说句温存话，也能暖心。我想，在母亲抱怨不舒服的时候，我那沉默的父亲，心中一定也不好受，有许多焦急和无奈。

上一轮服药完毕，我反应还好，父亲突然在一个起了霜的早上买了好些菜回来，做了一大桌子菜，心满意足地说："给我闺女补补。"

那几日我脸色苍白，肚子疼，畏寒怕冷，见父亲笑盈盈地等我吃饭，觉得在家真好。

夫妻之间是一笔糊涂账，揪住细节的话谁都不是金刚不坏，还是要看大方向。坦白说，我没见过几个男人为人夫为人父的水准在我父亲之上。而母亲自然也有诸多不易，白手起家与丈夫一起经营家庭，因为丈夫的不喜交际，又承担了许多额外的义务。

我也是患得患失的女人，常常对方一个眼神或一个字眼儿不对，就直戳到心肺上，要暗自开解自己方能释怀，所以我理解母亲。她这些话与我说，而不直接与父亲说，已经是一种经营和尊重。有些话我会找机会与父亲聊聊，也让他适当珍重一下妻子的感受……这就是我们家的危机处理模式，三个人都是黏合剂。

出门上班，母亲去买菜。路上我给她提着袋子，她说她戴了手套，我没戴，还是她提。我不许，抢过来抱着。母亲就笑。然后问起郭大先生的感冒怎样了——事无巨细，母亲心中总装着别人冷暖。我说好像还是不大好，刚联系了，说昨晚在单位值班，很冷。母亲就要我叮嘱他好好吃药、好好休息云云，我说我知道。

快到市场了，母亲把袋子拿过去，要我快去坐车，不要迟到了。我迟疑了一下，说我下午陪你去医院吧。伊一边坚定地说不用，一边又怄气地嘀咕："你们去医院我都陪，我去医院你们都不陪我……"

我心下不忍，面对面双手帮母亲把帽子戴好，领子的拉链拉严实了，又拍拍她的脸颊，说："你自己好好的啊，不要傲娇，人家让你检查啥你就检查啥，知道不？"

她心满意足地笑起来，眼睛弯弯的，叠起一些皱纹："知道啦，我只在家才傲娇呢！"

我说："嗯，晚上我早点儿回家吃饭，不加班了，检查结果出来要告诉我。"

母亲挥挥手："知道啦，快走吧，晚上见！"

我转身走了，打了个的，坐在后座上。

大概是 2007 年冬天的时候，郭大先生写过一句话："上天很多关怀的目光，我不知该说些什么。"认识他之后，每到冬天，我都会想起这句话。

最好的爱是
简单到不着一字

　　晚上接郭大先生的电话，说星期五去他哥们儿家聚餐，要我贡献一道菜，必须技压群芳。挂了电话走到客厅里跟父母商量：做一道什么菜呢？爸说做排骨炖豆角吧，我说我很久不做排骨了；妈说那你明天晚上先给我们做一次练练，我说那我下了班直接去买菜回来做；妈说你别买了，明天我正好不上班，我买好了你晚上做就是……三个人说说笑笑，不一会儿就在沙发上乐得东倒西歪。

　　前几次去医院抽血拿药，都是妈陪着我。今晚妈坐在沙发上，看一会儿电视剧就回身端详我，说：你脸好多啦，没疙瘩啦。我说嗯，好些了。过一会儿又望过来，说气色不错啊。我说嗯，吃枣很有效。没一会儿再找个话题，又找个话题，说我的发型、脸型、表情……我想她真想说的话一定憋得难受，但我也不问。最后，妈终于说："你可真是个战士，你可算把这个堡垒攻下来了。"

近两年里，妈常常试探我，问我跟郭大先生好不好，我总是回答很好；埋怨我们不像别的情侣那样耳鬓厮磨总往一起凑，我说都忙。5 月跟郭大先生闹分手，我一下子就病倒了，做了手术，她问我郭大先生怎么这次不来看我了，上次都来看了，还拿了花和水果。我不知怎么回答，支支吾吾说他在竞聘，他在出差……诸如此类。有一次她帮我换药，我疼得龇牙咧嘴，紧握拳头骂了无数句脏话才挨过去了。她拿着血淋淋的纱布走出我的房间，在门口停住，回头跟我说："你心事太重……其实有些事别想得太深了，过去也就过去了。"

年初她陪我等在核素扫描检查室外，我讲郭德纲的段子给她听，装作很轻松的样子。但我们都知道这一项结果出来，就能确诊是不是很严重的病症。妈一直不说话，一开口就哭了："有时候我想，我没了，你爸没了，你可怎么办？谁照顾你？可是现在……你也像别的女孩那样找个人照顾你不好吗？你现在年轻，不觉得怎样，过几年老了，你多孤单啊……"

我不知怎样回答。医生叫到我的名字，我躺在仪器上，静默的时间似乎有一百年那么长。我感受到母亲的目光远远地望过来。我抿紧嘴唇告诉自己：不要哭。

然而，过去跟所有人站在一起规劝我的，总有无数问题要问我的，生怕我被辜负被欺骗的，我的母亲，不知从什么时候开始，已经以非常坚决的姿态与我并肩前行，甚至帮我披荆斩棘。别人万箭齐发地质疑我的恋情、询问我婚期的时候，妈总是第一个挡在我面前，替我解围。事后说起来，她还要愤愤不平，说："他们了解你什么？他们知道什么？我知道你很清楚自己要什么。"

有时候杠上了，母女之间也有激烈的对话。我不止一次说过这样的话：你要我结婚，我马上就可以结，怎么也不至于嫁不出去。但结婚不是一个结果，而是一个开始。随随便便结个婚，之后的几十年我怎么过？我不是谁的任务——上大学、工作、结婚、生子，然后我就被完成了……我不会因为要让谁安心而扭曲自己，永远不会。

这是我的真心话，但不是不伤人。我会想，如果我是母亲的那个角色，一定已经心碎了。但那个真正的母亲，却使尽浑身解数去悦纳女儿自己选择的生活方式。

下午，林阿鲁传给我一张图，可爱的大头小人儿旁边写着一行英文，大意是：

我一直做出拥抱你的姿态，直到你真的到来。

今晚，我其实想跟母亲说一声 I love you，但现在还不是时候。有一天她终于看见我实现了内心所想所望，说不准会哭得比我还惨。那才是我要对她说的话，简单到不着一字。

我爱你，
我需要你

给奶奶过生日，八十有四。

因为那句著名的丧气话，奶奶本来不想过这个生日。但姑姑、伯父、父亲和叔叔几个儿女轮下来，今年恰好到父亲这儿，无论如何不允许不办，早早就去订了饭店。前几次去看奶奶，她常说我工作这样忙，身体都坏了，很不值得，不要那么用心。但她这话本身是很矛盾的，因为她自己也是要强的人。我当老师的时候，有机会坐下来跟奶奶说起工作的事，她的眼里闪烁着光芒，一再拉着我的手说："你是真关心学生的老师，这样的老师也不是很多了……"

后来我辞了那份工作，奶奶因此很是叹惋过一阵儿，说可惜了，怎么不做老师了。

今次见奶奶，看伊不大开心的样子，坐在主宾位，落落寡合地数着菜叶子。父辈们唱歌的时候，我搬了把椅子坐在她身边。本来是从她身后过去的，她却好像早知道似的，一下子握住我的手，我也握住奶奶的手，问她最近怎样。

奶奶一边和着父亲和伯父的歌声的节奏拍着我的手，一边说："前几天我很想给你打电话，想跟你说——奶奶的门牙掉了半颗，心情很不好，郁闷了许多天睡不着觉……"

我赶忙说："那怎么不打呢？……都是我不好，是我该给您打电话的。"

奶奶又说："后来我又想，你工作忙，心事重，跟你说了你一定要着急，我都八十几岁的人了，活着就很好了，掉半颗牙这点儿事怎么好意思到处诉苦呢？"

我心疼得不行，就胡乱劝说现在人都缺钙，与我同龄的人吃坚果都有把牙硌坏的；又一再说是我不好，没有常去看奶奶，还要奶奶给我打电话……于是又想起有几次推说忙，其实是怕奶奶问起我感情的事情才不去的，就更自责。

奶奶好像知道我的意思，并没像以往那样问起什么时候结婚，继续说掉牙齿的事："我们家这么多姐妹，从最小的到最老的，活着的和没了的，都没人掉过门牙。这件事恐怕是有预兆的，所以我心情才不好的，我不是怕疼……"

于是我想我这样的年纪，生些病，也要伤春悲秋一番，何况奶奶。像奶奶这样读书认字的，在老年，一定有些更敏锐的宿命感，因此门牙掉了这件事儿，儿女们听了大可以哈哈一笑，伊却笑不出来。但我不懂得怎样再劝说她，也只好任由她拍着我的手。没一会儿被叫去唱歌，没一会儿又被叫去照相，还要端茶倒酒……某个时刻终于坐下了，却发现奶奶跟姑姑不在席间，赶忙去卫生间找。

果然在卫生间里。我推门进去的时候，奶奶已经解完手了，正在穿裤子，一层一层的，好像树的年轮。家里当然不缺钱，但伊坚持系条布绳子做腰带。年纪大了，没有身材可言，毛衣拎得很高，非常专心地把裤子都铺平了，那过程缓慢精心得像个仪式。我走上前去帮她提起毛衣，服帖裤子的边角，把腰带扎得恰好松紧，又把秋衣、毛衣一层层放下来。奶奶问："你怎么来了？你怎么不去唱歌？"我说看您没在吃饭，就想可能在卫生间，所以来看看。奶奶点点头，挽了我的胳膊走出来。

我把水龙头的水调到适中温度，让奶奶洗手，再扯了擦手的纸巾侍立在一旁。奶奶在镜子里看着自己，又看看我，叫了旁边的姑姑："你看我都老成什么样儿啦。你看芳芳多年轻——我也像她那样年轻过……"

回到酒席上，给男人们都斟满酒，回到座位。妹妹坐过来跟我说："姐，刚才来的时候，奶奶跟我说了一句话。"

我："什么话？"

妹妹："她说自己恐怕再也看不到隔代人了……还问我知不知道你什么时候结婚。"

我："你怎么说的？"

妹妹："我说我会努力的，但芳芳姐的事我不知道。"

我嗯了一声，照样是不知说什么好。

不一会儿伯父、父亲、姑姑和叔叔都走上去，合唱了一首《母亲》给奶奶，又站成一排给奶奶鞠躬。奶奶慢慢地从座位上站起来，起先没什么，后来掉了眼泪，默默擦去，最后索性双手掩住脸哭了起来。我最怕这种事，胆怯地躲在边角的座位上，只觉得鼻子一阵阵泛酸，拼命忍着。

散席了，我给奶奶拉好棉衣的拉链，戴好帽子，叮嘱她有事儿就给我打电话，不要想那么多，还说以后多去看她，实在没时间也要给她打电话。奶奶都应下来，握了我的手，问："你跟我回家吧，回家坐一会儿？"我已经说好散席之后跟父母一起回去，只好说："不了，奶奶，我改天再去看您。"

父亲去结账，母亲送家人下电梯，我被安排在包房里守着一堆包和摄像机。服务员们来撤杯盘的时候，我把贵重物什都集中在窗台上，望着窗外出神。

几年前，我还跟周在一起的时候，家人都反对这件事，是奶奶偷着同我说："你们在一起这么多年，哪能说分就分？你要是认准了，就跟他在一起，让他去赚钱，小伙子有什么可怕的？一定没有问题的。"

甚至前阵子我去看她，她还会问："你那个小朋友怎么样了？"

起先我告诉她，我跟周分手了，但他现在很好，在做生意，赚了不少钱。后来我与周再没有瓜葛，就不爱回答这问题，以为奶奶很迁，或者记忆的时间维度出了差错。跟郭大先生在一起之后，她怪我说怎么找个年纪这么大的，后来听我说这个人，会突然笑出来，说："你看你，说起他都是好话，你心眼儿那么实在，也不知他是不是真的对你那么好。"

我猜想老年人的时光是流转得很慢的，即使是奶奶这样每天看新闻听广播的老人。她的眼睛渐渐不行了，床边放着两台收音机，每台锁定一个调频，这样就不用调了。给她买按摩仪之类的东西，她怪家人破费，总是拉住各人的手问花了多少钱，要"报销"。有时候听我说忙，又说你不要太累了，奶奶有钱，奶奶给你钱。我当然不要，又说许多好听的话给她，说我工作不错的，奶奶安心就是。一次通电话，她说着说着自己又乐了："你呀，说你一句，你有一百句等着，我说不过你。"

我又想起父亲说小时候家里跟邻居起了冲突，或是爷爷挨了领导的欺负，都是奶奶出面调停，每次都解决得很好，且不需要大吵大嚷。而现在奶奶不再与我争论，也不与任何人争论，她的心越发柔软而舒缓。一次我们俩坐在沙发上，她拉了我的手说："都说高寿是福气，其实人活得这么老有什么意思呢？你爷爷没了十多年了，我只有我自己。跟谁去说话呢？没什么好说的。"

奶奶不知道，我的倔强，有多少是得自她的遗传；或者我隐藏得那么深的温柔，我令男人忌惮的牙尖嘴利，我的执着、贤惠、宽容、敏感以及对爱人的尊重和忠诚；又或者那种笃定的决绝的多少有些特立独行的性格。她不知道，这个她喜爱又忍不住为之忧虑的孙女，在潜意识里亦步亦趋地效仿着她，希望也能像她一样，守得一心人，白首不相离。她给我那么多叮咛、那么多鼓励，我都未能偿她的心愿，而今站在这里想是她的基因因缘际会给了我这个又臭又硬的孙女……如果她知道了这些，一定会诧异吧。

母亲说：我一辈子也没见过你奶奶乱过方寸。的确，奶奶总是从容不迫的，没有强烈的悲喜，只有淡淡的乐、淡淡的愁。只要她在，全家人心里就都踏实。但今天奶奶哭了——我只见伊哭过两次，另外一次是爷爷出殡的那天，奶奶颤巍巍地站在太平间门口，我跟妹妹在两旁紧紧搀扶着她。她问："怎么这么多人？闹哄哄的，你爷爷可不爱热闹。"

在真正的情感面前，我只是个笨嘴拙舌的人。这世间许多挫败——掉了一颗门牙，错过了一个爱人，丢失了一笔钱……因为年轻，这一切都可不放在心上。纵使割破的腕子，渐渐也就愈合了，戴上手表一遮盖，便又是一个新人。可是对一个老人呢？

奶奶掩住脸啜泣的时候，我突然再也不想看一眼这世界或任何人。巨大的空茫的孤独感击中了我，像一束凄冷又圣洁的天光打在天灵盖上。这年伊 84 岁，我才突然发现她老了；这年我 26 岁，真正脚踏实地地思考婚姻，渴念婚姻，才越来越看到孤独似巨大黑洞吸取生而为人的种种热忱，以至于我必须依托于爱情或婚姻来继续这苦行——我开始直面自己的软弱，像我必须承认我爱你。

我爱你。我需要你。因此请与我一同走余下的路途，因为那所谓的幸福的终极，我一个人找寻不到——当我认清这一点，当我写下这样的话语，我也老了。

这世上
最疼我的男人

前几天的一个傍晚，我娘给我打电话，说她接了一只流浪猫回家。我风风火火地飞回家，一进门就看见一只威风凛凛的花斑猫正在巡山。跟这位喵星人玩耍了一晌，我娘说找点儿吃的给它吧，就从冰箱里拿出一个塑料袋，里面是几根香肠。老钟头儿不乐意了，在沙发上�‍嘴："那是我闺女给我买的香肠，咋给个野猫吃了。"

于是想起来，那几天我在家复习准备职称考试，郭大到帝都出差前扔给我点儿钱，叮嘱我考试那几天吃点儿好的。考点在城的那一边，老钟头儿怕我颠簸，就主动说他可以开车送我。考试那天突然降温，天气很冷，我们父女俩开车出发，GPS 神奇导航，绕了一个多小时，万幸是及时赶到了。我进去考试，我爹在附近逛逛等我。

　　中午出来，天色开始阴沉。我考得不好，心情也郁郁的。老钟头儿站在门口等我，手里拎着个袋子，是爆米花。我问他怎么吃上这个了，才想起老钟头儿因为身体关系（好像是血糖不能及时有效调动还是怎么），总之很不耐饿，一旦没有按时吃饭马上就会出现虚脱症状，脸色煞白，浑身冒汗……抬腕看表已经12点多，平时这时间他早吃完午饭了，今天一定是饿得难受才买了吃的。爆米花是街边那种土法做的，几毛钱一块钱就可以买一小袋。老钟头儿节俭惯了，再饿也不舍得花大钱吃什么独食。他提着小袋的爆米花冲我笑着，看得我鼻子发酸。

　　赶紧拽了他去附近的一家面馆吃饭。午休只有不到两小时，下午还要继续考，因此大家都没走远，每个饭店都挤满了人。我心情低落，吃了两口就不吃了，把面里的排骨都挑到我爹的碗里，他三两口吃掉。问他还要点什么菜，他不肯，说吃饱了。埋单时他抢了过去，不让我花钱。

　　我去超市买瓶水，他跟着我进来，又抢着结账，我还是没抢过他。两人向前走，我不高兴，一路跟他说："我自己有钱，郭××出差前还给了我点儿钱，你不要跟我抢……"正说着，迎面又有一家超市，我把手里的东西往老钟头儿怀里一扔："站在这里等我，哪儿也不要去！"

　　火速跑进超市，买了一盒牛奶、一袋香肠、一块巧克力。结账出来，见老钟头儿憨憨地等在那儿，果然一动不动。把他手里的东西取回来，刚买的吃食塞进他口袋，叮嘱他："我下午考完也很晚了，你把吃的随身带着，饿了就吃点儿。"

老钟头儿没说什么，我们继续向前走。到车前，他把我叫到驾驶座正对的侧门："你中午睡一会儿吧，我把车座给你放倒了，很舒服。"

"那你呢？"

"我四处逛逛。"

我开了车门进去，靠在椅背上，把复习资料拿出来再过一遍。

下午继续考试。精力集中，外面阴风暴雨也不知道，出来才发现地上都湿了，天色也暗得出奇。老钟头儿还是站在中午站的那个地方等我，双手插在夹克口袋里，跳跳地躲着冷风。我快步过去挽了父亲的胳膊。他问我考得好吗，我说还好吧……不怎么好。我问他，饿了吧，吃东西了吗，他说吃了。下这么大雨，你去哪儿躲雨？在车里啊。

我下午考了三个小时，父亲就在车里坐了三个小时。我后悔没给他买些瓜子、花生一类的零食。回程是下班高峰期，车程拉长到两个小时。雨时断时续，老钟头儿一直嘀咕："幸亏爸在，我看很多小孩在路边打车也打不着，穿那么少，不知道多冷，明天还不得感冒？……"

当晚我边做面膜，边躺在床上发短信给身在帝都的郭大，七七八八把这些琐事说了，打着打着字就哭了，像回到读书时候，父亲风里雨里骑着自行车接送我的日子。眼泪从面膜纸里渗出来，狼狈极了，对着手机抹了一把泪，继续打字：我今天有点儿伤感，别笑我。

THE END